हिन्द पॉकेट बुक्स

उन्माद

हंसराज रहबर हिन्दी और उर्दू के महत्त्वपूर्ण लेखक, कवि और आलोचक थे। उनका जन्म हरिआऊ संगवां (पूर्व रियासत पटियाला) ज़िला सुनाम में हुआ। आर्य हाई स्कूल, लुधियाना से मैट्रिक करने के बाद डी.ए.वी. कालेज, लाहौर से बी.ए. का इम्तिहान पास किया। आजादी के बाद इन्होंने इतिहास में एमए किया। वे अपनी लेखनी के माध्यम से देश की आजादी की जंग लड़ रहे थे और इसी क्रम में 1942 में हिंदी रोज़ाना *मिलाप* के संपादकीय मंडल में शामिल हो गए, परन्तु कुछ महीनों बाद अंग्रेजों के खिलाफ लिखने के कारण गिरफ़्तार कर लिए गए। आजादी की जंग में भाग लेने के कारण वह कई बार जेल गए। उनके बीस उपन्यास, दस कहानी-संग्रह और समीक्षा व आलोचना की सत्रह पुस्तकें प्रकाशित हुईं हैं।

उन्माद

हंसराज रहबर

हिन्द पॉकेट बुक्स
पेंगुइन रैंडम हाउस इम्प्रिंट

हिन्द पॉकेट बुक्स

यूएसए। कनाडा। यूके। आयरलैंड। ऑस्ट्रेलिया। सिंगापुर
न्यू ज़ीलैंड। भारत। दक्षिण अफ्रीका। चीन

हिन्द पॉकेट बुक्स, पेंगुइन रैंडम हाउस ग्रुप ऑफ़ कम्पनीज़ का हिस्सा है,
जिसका पता global.penguinrandomhouse.com पर मिलेगा

पेंगुइन रैंडम हाउस इंडिया प्रा. लि.,
चौथी मंजिल, कैपिटल टावर - 1, एम जी रोड,
गुड़गांव 122 002, हरियाणा, भारत

पेंगुइन
रैंडम हाउस
इंडिया

प्रथम हिन्दी संस्करण हिन्द पॉकेट बुक्स द्वारा 1967 में प्रकाशित
यह हिन्दी संस्करण हिन्द पॉकेट बुक्स में पेंगुइन रैंडम हाउस द्वारा 2022 में प्रकाशित

10 9 8 7 6 5 4 3 2

इस पुस्तक में व्यक्त विचार लेखक के अपने हैं, जिनका यथासंभव तथ्यात्मक
सत्यापन किया गया है, और इस संबंध में प्रकाशक एवं सहयोगी
प्रकाशक किसी भी रूप में उत्तरदायी नहीं हैं।

ISBN 9789353494551

मुद्रकः रेप्रो इंडिया लिमिटेड

www.penguin.co.in

FSC
www.fsc.org
MIX
Paper from
responsible sources
FSC® C047271

This is a legitimate digitally printed version of the book and therefore might not have certain extra finishing on the cover.

उन्माद

राजेश ने हाथ-मुंह धोकर बालों में कंघी की, चेहरे पर और नीचे गर्दन तक हलका-हलका पाउडर लगाया और फिर तहदार रूमाल से थपक-थपककर उसे त्वचा में रचाने लगा। वह जाने क्या सोचकर मन ही मन में मुस्कराया, आंखें चमक उठीं और स्मृति में अंगूर का रस-सा घुल गया।

"पापा, पापा!" सहसा टैनी ने बाहर से आकर रस भंग कर दिया।

"हट, हट, सूअर कहीं का !" उसने बच्चे को दुतकारा और एक कदम पीछे हट गया। उसकी नज़र बच्चे पर नहीं अपने सफेद बारीक कुर्ते पर जमी हई थी। वह देख रहा था कि टैनी ने उसे अपने गन्दे हाथ से छूकर मैला तो नहीं कर दिया। एक मिनट देखकर तसल्ली हो गई कि नहीं, मैला नहीं हुआ। फिर भी उस भाग को, जहां कुर्ते को टैनी ने छुआ था, तर्जनी से झाड़ा और तनिक खींचकर सम्भावित सलवट निकाले। इसके बाद कानिस पर पड़े पैसे उठाकर जेब में डाले और एक दस का सिक्का बच्चे की तरफ फेंककर कहा :

"लो, नैनी को भी साथ ले जाओ, और बाहर जाकर गोली खरीद लो।"

टैनी दीवार के साथ सहमा खड़ा था। उसके लम्बे कान खरगोश के कानों की तरह ऊपर उठ गए थे, आंखें खुली हुई और होंठ भींचे हुए थे।

अब उसने लपककर सिक्का फर्श पर से उठा लिया। सहमा हुआ चेहरा खिल उठा और वह अपने छोटे भाई नैनी का हाथ

पकड़कर बाहर को चल दिया।

"अच्छा मैं चलता हूं।" उसने अपनी पत्नी सन्तोष की ओर देखकर कहा।

उसने जो सामान शेव करने के बाद मेज़ ही पर छोड़ दिया था, सन्तोष उसे धोने, पोंछने और समेटने में व्यस्त थी। सिर साड़ी के एक पल्ले से ढंपा हुआ था; आंखें आधी खुली, मुखमुद्रा शान्त और गम्भीर थी। पति को वह बराबर देख रही थी और वह अपने मन में जो सोच रहा था, उसे भी समझ रही थी। लेकिन लगता यह था कि उसे बस काम से काम है, वरना वह पति और वातावरण से क्या अपने-आपसे भी बेखबर है। बच्चे को दुतकारे जाने पर भी उसकी गम्भीरता और तटस्थता में कोई अन्तर नहीं आया।

जब पति ने चलने की बात कही, तो उसके हाथ डिब्बा बन्द करते-करते रुक गए और पलक ऊपर उठाकर अपनी बारीक आवाज़ में पूछा :

"जल्दी लौट आयोगे न ?"।

"हां।" राजेश ने उत्तर दिया और पत्नी की ओर देखे बिना ही कमरे से बाहर निकल गया।

ऊंची कुर्सी की दोमंजिला इमारत थी, जिसमें आठ-नौ घर आबाद थे। राजेश का कमरा निचली मंज़िल में दरवाजे के बिलकुल सामने था। वह आंगन पार करके सीढ़ियां उतरा, तो गली में काफी चहल-पहल थी। मोहल्ले के बच्चे खेल रहे थे और लोग आ-जा रहे थे। यह एक बहुत बड़ा मोहल्ला था, जो सामने और दाईं ओर दूर तक फैला हुआ था। कभी यहां सिर्फ मुसलमान रहते थे; लेकिन अब मिलीजुली आबादी थी, क्योंकि बटवारे के बाद जो मकान खाली हुए थे उनमें पंजाबी पुरुषार्थी या शरणार्थी आ बसे थे।

राजेश योंही बड़ी सड़क पर जाने के लिए बाईं ओर घूमा तो

बंसी दूधिया अपनी जगह पर ठिठक गया और 'बाबूजी, नमस्ते' कहकर टकराने से बचा।

राजेश ने कल्पना की गोद में एक गोल-मटोल नवजात बच्चा उठा रखा था और सामने खड़ी कुमुद से बातें कर रहा था, इसलिए उसने बंसी और उसके अभिवादन की ओर कोई ध्यान नहीं दिया और कदम उठाता हुआ आगे बढ़ गया।

पुलबंगश के चौराहे पर पहुंचकर वह पान की दुकान पर रुका। 'पनामा' का एक पैकट खरीदा। एक सिगरेट जलाकर बाकी सिगरेटें सिगरेट-केस में रख लीं और पनवाड़ी को एक सादा देसी पान लगाने का आर्डर दिया। वह मुंह से धुआं निकालते हुए दुकान में लगे फिल्मी पोस्टरों को अनमना-सा देख रहा था कि दायें कन्धे पर किसीका हाथ धप्प से पड़ा और उसने चौंककर पीछे देखा।

"मोह, त्यागी ?" उसने सामने खड़े ठिंगने कद के व्यक्ति को सिर से पांव तक देखा और बात जारी रखी, "साले, तुम कहां पाताल में उतर गए थे ? बहुत दिनों से इधर कहीं नज़र नहीं पड़े।"

"डेढ़ महीना बाद आज ही गांव से लौटा हूं। यहां भी बेकार पड़ा क्या करता ?" त्यागी ने अपनी बढ़े हुए बालोंवाली ठुड्डी ऊपर उठाकर हसरत-भरे स्वर में कहा।

"चार-पांच दिन से तुम बहुत याद आ रहे थे। मैंने तुम्हारे लिए एक काम ढूंढ़ा है।"

"अच्छा !" त्यागी की आंखें जिज्ञासा और कौतूहल से फैल गईं।

"अभी बताता हूं। पान तो खाओगे न ?" .

"कोई हर्ज नहीं, खा लूंगा।" उसने उत्तर दिया और फिर खुद ही पनवाड़ी से कहा, "भई दो बना दो, मैं भी सादा खाऊंगा।"

बैजनाथ त्यागी राजेश का अन्तरंग मित्र था। मेरठ के पास 'धपरी' गांव में उसका घर था। लेकिन वह पांच-छ: साल से दिल्ली में रहता

था। कविता, कहानी और लेख-वेख लिखता था, यानी उसे लेखक बनने का शौक था, पर अभी बन नहीं पाया था। जीविका कमाने के लिए कभी किसी प्रेस में, किसी प्रकाशक की दुकान पर या किसी पत्र-पत्रिका में काम करता था और सौ डेढ़ सौ रुपये महीने. पा जाता था। पर अब छः-सात महीने से बेकार था। जब बहुत ढूंढ़ने से भी कोई काम न मिला तो गांव चला गया। सादा और बेतकल्लुफ रहने का आदी था। शहर में रहकर भी गांव की वेश-भूषा और स्वभाव की सरलता बनाए हुए था। अब भी ठुड्डी के बाल बढ़े हुए थे, जैसे दो हफ्ते से शेव न बनाई हो ; और कमीज़-पायजामा जो उसने पहन रखा था, वह अगर बहुत नहीं तो इतना मैला ज़रूर था कि त्यागी बुद्धिजीवीवर्ग का न होकर श्रमजीवीवर्ग ही का व्यक्ति जान पड़ता था। उसके मन में किसी प्रकार की दुविधा या चिन्ता नहीं थी। वह इसी वेश-भूषा में हर जगह निश्चिन्त घूमता था। तबियत का मस्त था।

"मैंने काशीप्रसाद से बात की थी।" राजेश ने पान का बीड़ा मुंह में भरकर और अंगुलियां बालों से पोंछते हुए कहा, " 'जीवन' में प्रूफरीडिंग का काम है। तुम कल उससे मिल लेना।"

"ठीक है, कोई हर्ज नहीं। मैं कल सुबह ही मिल लूंगा। काशीप्रसाद वैसे आदमी अच्छा है।" उसने राजेश के साथ-साथ चलते हुए कहा। घने लम्बे बालोंवाला उसका सिर राजेश के कन्धे तक पहुंच रहा था।

"अब किधर चलने का इरादा है ?" त्यागी ने चौराहे का चक्कर घूमते हुए पूछा।

"बस, योंही घूमने निकला हूं।" उसने उत्तर के लिए उत्तर दिया लेकिन फौरन ही आंखों में शरारत भरकर त्यागी की ओर देखा और स्वर बदलकर कहा, "चलो तुम्हें तुम्हारी बहन से मिला लाऊं और..."

"अबे बहन क्यों, भाभी कहो न!" त्यागी ने दोनों हाथों की मुट्ठियां कसकर चुनौती दी और राजेश की बात बीच में काट दी।

"तुम साले, अगर बहन को भी भाभी बनाना चाहो तो बना लो। मुझे कोई एतराज़ नहीं।" राजेश ने मुस्कराते हुए विद्रूप भाव से कहा और बात जारी रखी, "नई बात मैं जो तुम्हें बता रहा था वह यह है कि हम तुम्हें अपना गुड्डू दिखाएंगे।"

"गुड्डू ?" त्यागी वहीं का वहीं खड़ा रह गया, जैसे उसके पांव धरती में गड़ गए हों।

"अबे आगे तो बढ़ो। देखते नहीं तांगा आ रहा है ?" राजेश ने कहा और उसका हाथ पकड़कर घसीटता-सा अपने साथ ले चला।

अब वे दोनों डैलबिस फैक्टरीवाली सड़क पर चल रहे थे। यहां आमदोरफ्त कुछ कम थी।

"अब वह एक महीना पांच-छ: दिन का हो गया।" राजेश ने सिलसिला मिलाया।

"तब तो तुम पूरे ज्योतिषी निकले। पहले ही ऐलान कर दिया था कि लड़का होगा।" त्यागी ने ठुड्डी खुजलाते हुए कहा।

"जाने क्यों, मुझे और कुमुद को पहले ही दिन से इस बात का विश्वास था।" राजेश ने गर्व और उल्लास से गर्दन हिलाते हुए कहा।

"इसका मतलब है कि अब तुम तीन बेटों के बाप हो।"

"हां, तीन ही समझो।"

त्यागी कुछ पीछे रह गया था। राजेश ने कदम ढीला कर दिया और जब वह साथ आ मिला तो फिर कहा, "इस हिसाब से तो एक बेटी का भी।"

सन्तोष से उसके टैनी, नैनी दो लड़के और उनसे बड़ी कल्पना नाम की एक लड़की थी जो दादी के पास अम्बाला में रहती थी। त्यागी टैनी, नैनी से अक्सर खेलता रहता था, लेकिन लड़की को

उसने सिर्फ एक-दो बार देखा-भर था। जब राजेश ने याद दिलाई तो बच्ची की भोली-भाली सूरत नज़र में उभर आई।

"काफी बड़ा परिवार हो गया।" त्यागी ने मुस्कराते हुए कहा।

"अजीब मुश्किल में जान पड़ गई !" राजेश ने जला हुआ सिगरेट दूर फेंकते हुए गम्भीर स्वर में कहा, "यह तो कभी सोचा ही नहीं था कि बात यहां तक बढ़ जाएगी। कुमुद की मां भी आई थी और भाई भी आया था। वे कह रहे थे कि हम लड़का किसीको दे दें। नहीं तो मैं उससे ब्याह कर लूं..."

"टैम क्या है ?" किसीने राह चलते पूछा।

"पौने छः।" राजेश ने घड़ी देखकर कहा और बात जारी रखी, "वे भी अपनी जगह सच्चे हैं। समाज की बदनामी से डरते हैं। लेकिन तुम्हीं बताओ कि एक पत्नी के होते मैं दूसरा ब्याह कैसे कर लूं ? अगर यह मुमकिन होता तो आज क्या, इससे बहुत पहले ब्याह हो जाता। और कुमुद भी ज़िद पकड़े हुए है कि चाहे कुछ भी हो, वह बच्चे को अपने पास रखेगी। उसने पहले ही यह निश्चय कर लिया था, वरना...वरना तुम जानते हो..."

राजेश ने रूमाल निकालकर चेहरे और गर्दन से पसीना पोंछा। जन की धूप अब भी काफी तेज़ थी और सूरज उनके बिलकुल सामने था।

"तुम्हारी माताजी को भी इस बात का पता है ?" त्यागी ने पूछा।

"हां, पता है।" राजेश ने उत्तर दिया, "वे उन दिनों यहीं थीं। अभी परसों गई हैं। ज़च्चगी के दिनों में मैंने ही तो सब कुछ किया है। मैं रात-रात-भर कुमुद के पास रहता था। फिर पता कैसे न चलता। मां और सन्तोष को सब पता है।" उसने रूमाल से नाक ढांप ली, क्योंकि जिस इलाके से वे गुजर रहे थे, वहां छप्परों में तांगेवाले और डेरीवाले रहते थे। फिज़ा में लीद, गोबर और पेशाब की बदबू बसी हुई थी।

थोड़ी दूर योंही नाक बन्द किए चुपचाप चलने के बाद उसने फिर कहा, "कुमुद की नौकरी छूट गई, और वह छूट ही जानी थी, इसलिए मेरी जेब से पूरे पांच सौ रुपये खर्च हो गए। तुम जानते हो कि मेरे लिए पांच सौ रुपये बहुत बड़ी बात है। अब लेख और कहानियां लिख-लिखकर यह कमी पूरी कर रहा हूं।"

"अब नानी याद आएगी बच्चू, एक नहीं दो-दो गृहस्थियां चलानी पड़ेंगी।" त्यागी ने अपनी नन्ही-मुन्नी आंखों में से झांकते हुए व्यंग्य किया, "वरना तुमने अब तक तो इश्क के मज़े ही लूटे थे। कठिन मंज़िल तो अब सामने आई है।"

गन्दा नाला पार करके वे जिस गन्दी-सी बस्ती में दाखिल हुए, उसमें जरायमपेशा लोग बसते थे। पिछड़ी जातियों में वे 'सांसी' नाम से पुकारे जाते थे। चोरी-चकारी के अलावा जीविका-उपार्जन का बड़ा धन्धा नाजायज़ शराब बेचना और जुआ खेलना-खिलवाना था। मर्द अगर जेल चले जाते तो धन्धा फिर भी बन्द न होता, क्योंकि औरतें भी काफी निपुण थीं और बच्चे तक सहयोग देते थे। कच्चे-पक्के मकानों और झोंपड़ियों की इस मिली-जुली बस्ती का नाम 'अन्धा मुगल' था।

मकानों और पेड़ों की परछाइयां आपस में गडमड हो गई थीं। धूप का साम्राज्य खत्म हो गया था और अंधेरा पर-पुर्ज़े निकाल रहा था। मर्द और औरतें गिरोह-दर-गिरोह बैठे आपस में बतिया रहे थे या चारपाइयों पर लेटे विश्राम कर रहे थे। राजेश और त्यागी निस्संकोच उनके दर्मियान से गुजर रहे थे। और लोगों ने भी नज़र उठाकर उनकी तरफ नहीं देखा, किसी प्रकार का कौतूहल या उत्सुकता प्रकट नहीं की, जैसे वे बस्ती से और बस्ती के लोग

उनसे चिर-परिचित हों।

झोंपड़ियों और कुछ कच्चे मकानों के बाद उन्होंने एक छोटे-से आंगन में प्रवेश किया। नीम के पेड़ तले एक बकरी बंधी हुई थी। और पास ही इक्कीस-बाईस साल की एक नौजवान औरत खटिया बिछाए बैठी थी। रंग सांवला, शरीर सुगठित और स्वस्थ था, लेकिन विचित्र बात यह थी कि वह एक छोटे-से पिल्ले को अपनी छातियों से दूध पिला रही थी।

"कहो भाभी, क्या हाल है ?" राजेश बोला।

भाभी ने मुस्कराकर उनका स्वागत किया और टांगें सिकोड़कर जाने का रास्ता दे दिया।

राजेश आगे बढ़ गया, लेकिन त्यागी अपनी जगह स्थिर और विमूढ़ खड़ा रहा जैसे भाभी ने कोई मंत्र फूंक दिया हो।

"अबे चलो न, वहां क्यों रुक गए ?" राजेश ने उसे आवाज़ दी।

मंत्र का बंधन टूटा तो वह लपककर आगे बढ़ा और उसने राजेश के कन्धे पर हाथ रखकर कहा, "मित्र, यह अजीब बात है कि स्त्री पिल्ले को अपना दूध पिला रही है !"

"अच्छा, तुमने इसे पहली बार देखा है !" राजेश ने रुककर कहा, "मैं तो इसे अक्सर देखता हूं। एक बार पूछा तो कहने लगी, 'बाबू, इसमें क्या बुराई है ! जब इसे पाला है और प्यार करते हैं तो दूध भी पिलाएंगे।' बड़ी विचित्र औरत है।"

इस वैचित्र्य की अधिक चर्चा न हो सकी, क्योंकि राजेश बात खत्म करते ही दो कदम आगे बढ़ा और दाईं ओर के एक छोटे-से कमरे में घुस गया। उसके पीछे-पीछे त्यागी ने भी भीतर प्रवेश किया।

बिल्डिंग काफी बड़ी थी, जिसमें छोटे-बड़े बहुत-से कमरे थे,

जिनमें सांसियों के अलावा थोड़ी आमदनीवाले मुख्तलिफ किस्म के लोग रहते थे। जिस कमरे में राजेश ने प्रवेश किया, वह बिन्दु नाम के एक मजदूर ने किराये पर ले रखा था। वह दिल्ली क्लाथ मिल में काम करता था, लेकिन पत्नी और दो बच्चों के साथ यहां रहता था। उसकी पत्नी बच्चों को लेकर अपने मायके मांडली गांव चली गई थी। उसे अभी पन्द्रह-बीस दिन और वहां रहना था। राजेश का उससे पुराना परिचय था, क्योंकि जिन दिनों वह दैनिक 'सन्देश' में सम्पादक था, बिन्दु वहां कम्पोजीटर रह चुका था। जब उसे मालूम हुआ कि राजेश को कमरे की तलाश है, तो पत्नी के गांव से लौट आने तक अपना कमरा उसे दे दिया।

कमरा इतना छोटा था कि गृहस्थी का थोड़ा-सा सामान रखने के बाद दो चारपाई मुश्किल से बिछ सकती थीं। हवा और रोशनी के लिए कोई रास्ता नहीं था। सामान्य स्थिति में न कुमुद यहां रहती और न राजेश ही उसे रखना पसन्द करता। लेकिन इस समय मजबूरी थी। अव्वल तो बहुत दौड़-धूप करने पर भी किसी दूसरी जगह कोई अच्छा कमरा नहीं मिला, और दूसरे उन्हें सभ्य समाज की दृष्टि से प्रसूति का भेद छिपाना था।

इतना गनीमत था कि कमरे में बिजली थी और गर्मी से बचने के लिए राजेश एक टेबल-फैन किराये पर ले आया था।

जब उन्होंने भीतर प्रवेश किया तो पंखा स्टूल पर रखा हुआ चल रहा था और कुमुद अंगीठी पर दूध गर्म कर रही थी। उसने गुलाबी रंग का जम्पर और सफेद धोती पहन रखी थी। दायें हाथ में कांच की चूड़ियां और बायें हाथ पर घड़ी बंधी थी। शरीर पतला-दुबला और रंग पक्का था, लेकिन नैन-नक्श तीखे और मुख पर स्वाभिमान और बौद्धिकता की चमक थी। त्यागी ने नमस्ते कही, जो कुमुद ने बिना मुंह से बोले सिर हिलाकर स्वीकार कर ली।

वे दोनों चारपाई पर बैठ गए। कुमुद ने दूध उतारकर चाय का पानी रखा और फिर शाम के भोजन के लिए लौकी काटने लगी।

"गुड्डू कहां है ?" राजेश ने पूछा।

"वह पड़ा है।" कुमुद ने दूसरी छोटी चारपाई की ओर इशारा किया।

"मुझे दिखायो !"

कुमुद ने हाथ का काम छोड़कर आहिस्ता-आहिस्ता बच्चे को बड़ी सावधानी से उठाया और लाकर राजेश की गोद में दे दिया।

"सो रहा है !" राजेश ने एकटक बच्चे की ओर देखते हुए कहा। कुमुद भी सामने खड़ी उसीकी ओर देख रही थी और त्यागी भी देख रहा था। लेकिन इनके और उसके देखने में अन्तर था और मन में जो भाव उठ रहे थे, उनमें भी अन्तर था।

"इसका माथा देखो कितना चौड़ा है !" कुछ क्षण चुपचाप देखते रहने के बाद राजेश ने त्यागी से कहा और फिर दो-तीन बार प्यार से चूम लिया।

बच्चे ने आंखें खोल दीं। शायद वह बाप को और उसके प्यार को पहचानने की कोशिश कर रहा था।

राजेश और कुमुद दोनों की दृष्टि बच्चे के मुख पर केन्द्रित थी; दोनों के होंठों पर सहज मुस्कान थी ; दोनों की आकृतियां शिशु की नन्ही पुतलियों में घुल-मिलकर एकजान और एकरूप हो गई थीं। शरीर का अन्तर मिट गया था। दोनों समाज के बन्धनों से मुक्त विशुद्ध रूप से निर्गुण, निष्कलंक नर और नारी थे।

सामने खड़ी होने के कारण त्यागी सिर्फ कुमुद को देख रहा था। उसके होंठों की सहज मुस्कान कानों तक फैल गई थी और आंखों में एक रसमय, आनन्दमय और गर्वमय दृष्टि थी। उसका यह रूप कितना सुन्दर था ! इस रूप का स्त्री के शरीर और आकार से कोई

सम्बन्ध नहीं था। यह ममतामयी मां का ...प्रेम-विभोर नारी का रूप था। स्त्री और पुरुष को जब पहले-पहल दोनों के अद्भुत सहयोग से सृष्टि के नवनिर्माण की शक्ति का बोध हुआ होगा, तो आदिम युग की नारी ने अपनी पहली सन्तान को उसके पिता की गोद में देकर यही सुख, यही आनन्द और यही गर्व महसूस किया होगा।

इस सुख और आनन्द से सारा कमरा भर गया। कण-कण नाच उठा।

त्यागी, जो वास्तव में एक त्याग-रूप, निर्लिप्त प्राणी था, इस आनन्द से अछूता न रह सका। वह पांच-छ: साल से विवाहित जीवन बिता रहा था, लेकिन आज शायद पहली बार उसे अपने जीवन में बच्चे का अभाव अनुभव हुआ। राजेश के घर वह अक्सर आता था। सिर्फ उसीसे नहीं, सन्तोष और बच्चों से भी बेतकल्लुफ था। लेकिन उस घर में अपना यह अभाव उसे कभी नहीं खटका था। कारण यह कि वहां उसने राजेश को टैनी, नैनी से यों प्यार करते और पति-पत्नी को यों आनन्द-विभोर होते कभी नहीं देखा था। सन्तोष के गर्भ से वे बच्चे भी तो उसीकी सन्तान थे। दरअसल समाज की दृष्टि से वह सिर्फ उन्हींका पिता था ; लेकिन यह एक औपचारिक सम्बन्ध था जिसे वह कर्तव्य समझकर औपचारिक ढंग से निभा रहा था। यह सम्बन्ध रूखा-रूखा और ऊपरी-ऊपरी था। इसमें हृदय की तरलता नहीं थी; वह प्रेमरस नहीं था, जो इसे अटूट और अमर बनाता है।

"लो, इसे लिटा दो; अभी और सोएगा।" राजेश ने कहा और बच्चे को एक बार फिर चूमकर कुमुद को लौटा दिया।

इसी समय उस औरत ने, जो बकरी के पास बैठी थी, जिसे

राजेश ने भाभी कहा था और जिसका नाम सुगरी था, कमरे में प्रवेश किया। उसने आते ही हुमककर गुड्डू को कुमुद से ले लिया, प्यार किया, चूमा, और फिर सबके सामने निस्संकोच छाती खोलकर अपना स्तन उसके मुंह में दे दिया।

"भाभी !"

"क्या है ?" राजेश के तीखे स्वर से सुगरी चौंकी।

"तुम यही स्तन पिल्ले को पिला रही थीं और यही अब..."

"फिर क्या है ? पिल्ले-विल्ले का भेद तुम जानो। यह तो नहीं जानता। बच्चा तो देवता होता है।"

सुगरी ने हठ और अधिकार से कहा और राजेश ने जो हाथ बच्चा लेने के लिए आगे बढ़ाया था, उसे बेपरवाही से झटक दिया। गुड्डू उसकी छाती से लगा रसपान कर रहा था।

राजेश फिर त्यागी के पास चारपाई पर आ बैठा। वह सिर हाथ से थामे यों चुप था जैसे विज्ञान का सिद्धान्त बघारनेवाले कालेज के नौजवान विद्यार्थी को उसकी अपढ़ और अबोध मां ने झिड़क दिया हो।

अंगीठी पर पानी खौल गया था। कुमुद ने उसमें चाय की पत्ती डालकर बर्तन नीचे उतारा और फिर प्याले धोने लगी।

"त्यागी, यह औरत बड़ी महान है।" राजेश ने सिर ऊपर उठाकर और सुगरी पर एक नज़र डालकर अंग्रेजी में कहा, "अगर यह जहर भी पिलाए, तो भी हम मना नहीं कर सकते। बच्चा तो फिर बच्चा है, अगर वह मुझे भी जहर पीने को कहे, तो मैं इनकार नहीं करूंगा।"

उसने सुडौल और स्वस्थ सुगरी की ओर देखा। उसकी उम्र बीस-इक्कीस साल से अधिक नहीं थी, लेकिन आकार और भाव-भंगिमा से इतनी प्रौढ़, विशाल और स्नेहमयी जान पड़ती थी कि

समय का पैमाना उसे आंकने में असमर्थ था।

सुगरी ने भी मुस्कराकर राजेश की ओर देखा। उसके बारे में त्यागी को जो कुछ बताया गया था, उसे वह भाषा के व्यवधान के कारण समझ नहीं पाई थी। पर राजेश की निगाह में श्रद्धा और कृतज्ञता का जो भाव था वही उसका सारतत्त्व था और इसे समझने में कोई कठिनाई नहीं थी।

कूमूद ने तीन प्यालों में चाय बनाई। एक-एक प्याला राजेश और त्यागी को दे दिया, तीसरा सुगरी को देना चाहा, पर वह बोली कि मुझे ज़रूरत नहीं है।

"इस हालत में भाभी ही ने कुमुद को संभाला। दिन-रात वह सेवा की कि कोई औरत, बहन, भाभी और बेटी की क्या करेगी !" राजेश ने चाय की चुस्कियों के दर्मियान बताना शुरू किया और बताता रहा, "नहलाना-धुलाना और खिलाना-पिलाना सब यही करती थी... ' कुमुद की छातियों में जाने क्यों दो-तीन दिन दूध नहीं उतरा और अब भी ज़रा कम उतरता है, तो यह गुड्डू को अपनी छातियों से दूध पिलाती रही... यह समझ लो कि बच्चा इन्हीं दोनों की बदौलत जिन्दा है..."

सुगरी को अपनी तारीफ भारी पड़ रही थी। उसने गुड्डू को खाट पर लिटाया और मुस्कराती-लजाती बाहर चली गई।

"बड़ी अजीब औरत है !" त्यागी ने बाहर की ओर झांकते हुए कहा।

"अजीब नहीं, महान कहो महान !" राजेश ने उसकी जांघ पर घूंसा मारकर कहा।

एकदम घुसा लगने से त्यागी उचका। प्याला तो गिरते-गिरते बच गया, पर कुछ चाय फर्श पर बिखर गई।

"हां, महान कह लो।" त्यागी ने अपनी बालों-भरी ठोड़ी

हिलाते हुए समझौते के अन्दाज़ में कहा।

कुमुद ने लौकी की सब्ज़ी अंगीठी पर चढ़ा दी थी, जिससे मसाले की बसांध फिज़ा में भर गई।

"अच्छा, मैं यह मालूम करने आया था," राजेश कुमुद से मुखातिब हुआ, "तुमने वह मकान देखा ?"

"हां, मैं आज देख आई हूं।"

"पसन्द आया ?"

"मकान अच्छा है।" उसने सब्ज़ी को चम्मच से हिलाते हुए उत्तर दिया और फिर उसमें थोड़ा-सा पानी डालकर आगे कहा, "दो कमरे हैं और छोटा-सा आंगन है ; और किराया सत्तर रुपये मांगते हैं।"

"फिर यों करो," राजेश ने अपने मित्र की ओर देखते हुए कहा, "अब तो त्यागी भी यहीं आ गया है। इसे भी मकान की ज़रूरत होगी–। तुम दोनों एक-एक कमरा ले लो। पचीस-तीस रुपये यह दे दिया करेगा–बाकी तुम देना। और कोई सूरत नहीं। हो सकता है कि पहले की तरह तुम्हें कोई साथ रहनेवाली सहेली भी मिल जाए।"

"तो मैं कल जाकर बात कर आऊंगी।"

"हां, बात कर आओ। हमें यह कमरा पांच-सात दिन में खाली कर देना होगा।"

"और दो कमरे इससे सस्ते कहीं मिलेंगे भी नहीं।" त्यागी ने अनुभव की बात बताई।

"यह भी ठीक है।" राजेश ने समर्थन किया और फिर उठते हए कहा, "अच्छा, अब हम चलते हैं।"

कुमुद उन्हें विदा करने के लिए उठ खड़ी हुई। वे दोनों बाहर चले गए और वह दरवाजे पर रुक गई।।

राजेश ने कभी देश का एक प्रसिद्ध और प्रमुख पत्रकार बनने का स्वप्न देखा था। लेकिन 'सन्देश' अखबार के बन्द होने से उसका यह स्वप्न अधूरा रह गया। एक दैनिक पत्र का प्रधान सम्पादक रहने के बाद किसी दूसरे पत्र में निचले स्तर पर कोई छोटी नौकरी करना उसे पसंद नहीं था। अगर आदमी एक ही धंधा करते-करते घिस जाए तो फिर उसे छोड़ना कठिन ही नहीं, बल्कि असम्भव होता है। लेकिन राजेश की उम्र उस समय सिर्फ तेईस-चौबीस साल थी, जवानी का जोश और उत्साह था। उसने पत्रकारिता का धन्धा छोड़कर रेलवे में नौकरी कर ली थी। वह दो साल तक मेरठ में टिकट-कलेक्टर रहा। लिखने-पढ़ने का शौक बराबर जारी था। पत्र-पत्रिकाओं में लेख और कहानियां छपती रहती थीं। पारिश्रमिक चाहे नहीं मिलता था, पर मन की एक साध तो पूरी हो ही जाती थी। शक्ल-सूरत और कद-काठ से वह एक साधारण व्यक्ति था, लेकिन उसके आचरण में कुछ ऐसी सरलता और उदारता थी कि जो सहज में दूसरों को अपनी ओर आकर्षित करती थी। उसने थोड़े ही दिनों में अपने गिर्द एक अच्छी मित्र-मण्डली जुटा ली थी। ड्यूटी के दौरान जो ट्रेनें आतीं उनके टिकट लेकर 'सार्ट' कर देता, उसके बाद अवकाश ही अवकाश था। स्टेशन पर भी मित्रगण घेरे रहते, चाय के दौर चलते और साहित्य-चर्चा रहती। आखिर उसके मन में एक विचार आया और उसने इन मित्रों के सहयोग से एक कहानी-गोष्ठी संगठित कर ली। महीने में दो बार मीटिंग होती थी। नये और पुराने स्थानीय लेखक अपनी रचनाएं सुनाते थे। उनपर विचार-विनिमय होता था। कई बार बाहर के सुप्रसिद्ध कहानीकारों को भी कहानी-कला पर भाषण देने अथवा

अपनी मनपसन्द रचना सुनाने के लिए निमन्त्रित किया जाता था। इन आयोजनों पर कुछ धन शहर से इकट्ठा हो जाता था और कुछ राजेश अपनी जेब से खर्च करता था।

जैसे-जैसे ये साहित्यिक गोष्ठियां लोकप्रिय होती गईं, राजेश के परिचितों और जानकारों की संख्या बढ़ती रही। कुमुद और त्यागी भी यहीं उसके सम्पर्क में आए और धीरे-धीरे आपसी सम्बन्ध गहरे होते गए।

कुमुद के पिता का देहान्त तब हो गया था, जब वह दो-तीन साल की बच्ची थी। वे शहर के एक सफल डाक्टर थे और आमदनी अच्छी थी। लेकिन मरते समय धन-सम्पत्ति कोई खास नहीं छोड़ी थी। इसलिए विधवा पत्नी को भविष्य पर दृष्टि रखते हुए अध्यापनकार्य अपनाना पड़ा था। उसने अपनी दोनों सन्तानों—कुमुद और उससे बड़े लड़के त्रिलोक—को अपनी मेहनत से पाला-पोसा और लिखाया-पढ़ाया था। वह एक भले घर की कुशल गृहिणी थी। शिक्षित अवश्य थी, पर उसके ज्ञान और अध्ययन में सक्रियता नहीं थी। अब जब उसे जीविकोपार्जन के लिए मेहनत करनी पड़ी, तो स्वतः चेतना जागी। समाज में व्यक्ति के स्थान और अधिकारों का बोध हुआ और उसके मन में स्वाभिमान की भावना प्रबल हुई। कुमुद ने जाने-अनजाने मां से यह भावना शुरू ही से अपना ली। शायद यही कारण था कि जब वह बड़ी हुई तो भाई से कहीं अधिक चंचल और स्वच्छन्द थी। मां प्रसन्न थी कि बेटी के व्यक्तित्व का समुचित विकास हो रहा है। खुद उसे जो स्वाधीनता और स्वच्छन्दता प्राप्त नहीं थी, वह बेटी को प्राप्त है। लिहाज़ा किसी प्रकार के दबाव और अंकुश का सवाल ही पैदा नहीं होता था।

यह स्वच्छन्द लड़की जब एक बार राजेश की ओर आकर्षित हुई तो फिर निस्संकोच आगे बढ़ती चली गई। इस प्रेम-दीवानी की गति सागर में मिलने के लिए आतुर नदी की भांति अबाध थी।

राजेश को वह अच्छी—बहुत अच्छी लगती। वह कुमुद को देखते ही खिल उठता। 'हैलो ! हैलो !' कहते हुए स्वागत करता और मुस्कराते हुए पूछता, 'सुनाओ, तबियत कैसी है ? मालूम होता है स्कूल से छुट्टी कर आई हो ? प्रोग्राम क्या है ? चलो पिक्चर देख आएं !' सबके सामने कुमारी कुमुद पर अपना अधिकार जमाकर वह अपने भीतर के किसी अभाव की पूर्ति करता। रसिक मित्र उनकी बातें सुन-सुनकर उसांसें भरते और हृदय मसोसकर रह जाते। कुमुद को रिझाने, लुभाने और उसकी आंखों में जंचने के लाख प्रयत्न करते, पर उन्हें अनुराग के बदले उपेक्षा मिलती। आखिर समझ लिया कि लड़की छिछली नहीं, ठोस और गम्भीर है।

'राजेश, तुम भाग्यशाली हो।' कुछेक ने ईर्ष्या से मुक्त होकर बधाई दी थी।

ड्यूटी बदलती रहती थी। राजेश को अक्सर रात के दस बजे से सुबह छः बजे तक ड्यूटी पर जाना होता था। जब वह स्टेशन पहुंचता तो कुमुद या तो उसके साथ होती या पहले ही से वहां उसका इन्तज़ार कर रही होती। राजेश जब गाड़ी देखता, तो वह प्लेटफार्म पर टहलती रहती और जब वह टिकटें 'सार्ट' करने अथवा उन्हें रजिस्टर में चढ़ाने आदि में व्यस्त होता, तो वह चुपचाप सामने बैठी उसे देखा करती। बीच में कभी-कभी आंखें चार हो जातीं और एक-आध बात हो जाती। दोनों खिल जाते। राजेश के दूसरे सहकारी भी उनमें रस लेकर मन बहलाते और थकान दूर करते थे।

कई बार एक गाड़ी निकालकर दूसरी गाड़ी आने तक काफी समय होता। इस बीच में शहर से सैलानी दोस्त घूमते-घूमते स्टेशन

पर चले आते। तब अच्छी-खासी महफिल जमती, हंसी-मज़ाक की बातें होतीं और कुमुद चहक-चहककर इन महफिलों की रौनक बढ़ाती। जब वह घर लौटती, तो रात कई बार आधी से ज़्यादा बीत चुकी होती। कुमुद के मन में किसी प्रकार का डर या भय नहीं था।

'मां, तुम कुमुद को समझाती क्यों नहीं?' बहिन को यों स्वच्छन्द घूमते देखकर त्रिलोक ने मां से कहा था।

'मैं क्या समझाऊं, वह खुद सयानी है बेटा।' मां ने उत्तर दिया और तनिक रुककर कहा, 'मेरे घर में तुम्हें जो आज़ादी है वह उसे भी है।'

त्रिलोक में और कुछ कहने का साहस नहीं था और उसने अधिक कहना-सुनना उचित भी नहीं समझा।

कुमुद के चले जाने के बाद राजेश को बाहर-भीतर सब सूना-सूना लगता। कुछ क्षण सन्नाटे में खोया-खोया रहता। फिर झुरझुरीसी लेकर सचेत हो जाता और जो ढेर-सी टिकटें जमा पड़ी होतीं, उन्हें निबटाने में लग जाता। काम वह मनोयोग से करता। और इसके अतिरिक्त कोई भी दूसरा खयाल ज़हन से निकाल देने का प्रयत्न करता। फिर भी उसे यह प्राभास होता कि कुमुद हाथ पर ठुड्डी रखे सामने बैठी उसे देख रही है। वह बीच-बीच में गर्दन उठाकर सामने देख लेता और मुस्कराकर फिर काम में लग जाता। कोई भी 'आइटम' अधूरा छोड़ना उसका स्वभाव नहीं था। पर कुछ देर लगातार काम करते रहने से थक जाता, नींद आने लगती और उसमें कुमुद की स्मृति घुल जाती। कल्पना उसे साकार बना देती। वह सामने की ओर देखता और आनन्द में झूमकर कहता :

'कुमुद तुम मेरे जीवन में खूब आई। लेकिन... लेकिन...'

'लेकिन क्या ?'

'छोड़ो, कुछ नहीं। जहां तुम हो और मैं हूं, वहां लेकिन-वेकिन

की क्या हस्ती है !' वह खिलखिलाकर हंस पड़ता और अपनी इस हंसी को रात के सन्नाटे में ध्वनित-प्रतिध्वनित होते सुनता रहता।

दिसम्बर का महीना। कड़ी सर्दी पड़ रही थी। राजेश की यही रात की ड्यूटी थी और कुमुद कोई एक-डेढ़ बजे घर लौटी थी। लेकिन जब वह साढ़े पांच बजे की गाड़ी निकालकर कमरे में बैठा टिकटें सार्ट कर रहा था तो लगा था कि कुमुद सामने बैठी है। सिर उठाकर देखा तो देखता ही रहा। शक की गुंजायश नहीं थी। वह सचमुच सामने बैठी मुस्करा रही थी।

'कुमुद !' उसने चौंककर कहा था।

'हां, मैं हूं। क्या तुम स्वप्न समझे थे ?'

'स्वप्न आदमी समझता नहीं, देखता है।' वह मुस्कराया और तनिक रुककर पूछा, 'आज इस वक्त कैसे आई ?'

'पड़े-पड़े तुम्हें देखने की इच्छा हुई और मैं उठकर चली आई।'

'क्यों, नींद नहीं आ रही थी ?'

'एक-दो घंटा सोकर आंख अचानक खुल गई और फिर नहीं लगी।'

राजेश ने स्टाल से चाय मंगवाई और दोनों ने मिलकर पी।

कुमुद ने उसे बताया कि उसकी मां और भाई मामा के यहां इलाहाबाद गए हैं और एक हफ्ता बाद लौटेंगे। उसने चाय की चुस्की ली और राजेश की ओर देखकर कहा, 'घर में अकेले मेरा जी नहीं लगता। तुम ड्यूटी खत्म करके मेरे साथ चलो। दिन-भर वहीं रहना। आज इतवार है और मुझे भी छुट्टी है।'

त्रिलोक कचहरी में स्टेनोग्राफर था और कुमुद जे० वी० कोर्स पास करने के बाद स्कूल में पढ़ाती थी। दोनों बच्चों के बारोज़गार हो जाने के बाद मां ने नौकरी छोड़ दी। अब वह थोड़ा-बहुत सार्वजनिक

कामों में भाग लेती थी।

कुमुद का प्रस्ताव सुनकर राजेश गम्भीर हो गया और थोड़ी देर सोचकर बोला :

'कुमुद, तुम गलती कर रही हो।'

'क्या ?'

'तुम्हें मालूम है कि मेरी शादी हो चुकी है और मैं एक बच्चे का पिता भी हूं।'

'हां, मुझे मालूम है।'

'फिर बतायो, यह सम्बन्ध क्यों बढ़ा रही हो ?'

कुछ क्षण मौन के बीते। कमरे में नितान्त निस्तब्धता थी। सिर्फ अंगीठी में कोयले चटख रहे थे।

'अगर तुम इस सम्बन्ध को बढ़ाना नहीं चाहते तो न बढ़ाओ। मुझे तो बढ़ाने और तुमसे प्रेम करने का अधिकार है।' कुमुद ने राजेश की आंखों में आंखें डालकर सानुरोध कहा।

'पर समाज तो तुम्हें या मुझे यह अधिकार नहीं देता।' राजेश ने शान्त मन से तर्क जारी रखा।

'समाज न दे। मुझे समाज की कोई परवाह नहीं है।'

स्टाल का नौकर आया और चाय के बर्तन समेट ले गया।

'समाज की परवाह नहीं तो न सही। लेकिन यह तो सोचो कि आखिर इस प्रेम का अंजाम क्या होगा ?'

'प्रेम, प्रेम है। वह अंजाम-बंजामजाम कुछ नहीं सोचता।' कुमुद ने और भावुक होकर और दृढ़ स्वर में कहा, 'मैं सारी उम्र कुंआरी रहकर तुमसे प्रेम करूंगी।'

राजेश ने आहिस्ता-आहिस्ता सिर हिलाया था और फिर सिगरेट जलाकर लम्बे-लम्बे कश खींचने लगा था।

'और अपने इस प्रेम को वासना से पवित्र रखोगी ?'

कुमुद चुप रही और कुछ इस भाव से राजेश की तरफ़ देखती रही जैसे कह रही हो कि मैं तुम्हारी यह बात समझी नहीं।

'मतलब यह कि हमारा यह सम्बन्ध मन का सम्बन्ध रहेगा और तुम इसे शरीर का सम्बन्ध बनाने की कामना नहीं करोगी?'

'यह तुम्हारी अपनी सूझ है।' कुमुद ने तनिक रुककर और पलक झपकाकर कहा, 'मैंने न ऐसी बात सोची है और न मैं ऐसी प्रतिज्ञा करती हूं।'

गाड़ी के आने की घंटी बजी और स्टेशन पर हलचल हुई।

'तुम इसे वासना कहो,' कुमुद ने बात जारी रखी, 'मेरा समर्पण सम्पूर्ण है, उसमें तन-मन का अन्तर नहीं ; और अन्तर सम्भव भी नहीं। जिसे मन सौंपा उसे तन तो आप ही सौंप दिया।'

वह एकदम चुप हो गई थी। उसकी सांस ज़ोर-ज़ोर से चल रही थी। जैसे थक गई हो, बहुत दूर से चलकर आई हो। उसने सिर मेज़ पर फैली हुई अपनी बांहों पर रख दिया था।

राजेश सिगरेट बुझाते हुए उसकी ओर देखने लगा था—देखता रहा था। उसे वह जितनी प्यारी आज लग रही थी, पहले कभी नहीं लगी थी। वह उठकर कुमुद के निकट आ गया था। बायें हाथ से ठुड्डी पकड़कर उसका सिर ऊपर उठाया था और अपने सर्द होंठ उसके गर्म होंठों पर रख दिए थे।

समर्पण स्वीकार हुआ।

कुछ महीने बाद राजेश मेरठ शहर से बदलकर दिल्ली आ गया था।

दिल्ली में उसकी ड्यूटी किशनगंज स्टेशन पर लगी थी और वह पुलबंगश के इस मकान में रहता था। अब वह एक का नहीं, दो

बच्चों का बाप था, क्योंकि उसकी पत्नी सन्तोष ने लड़की के बाद एक लड़के को जन्म दिया। नाम उसका केवलकुमार था, लेकिन बच्चा होने के कारण सब 'टैनी-टैनी' कहते थे।

कुमुद राजेश से मिलने महीने में एक-दो बार दिल्ली आती थी, पर इससे मन नहीं भरता था। इसलिए वह भी मेरठ छोड़कर स्थायी रूप से दिल्ली चली आई। करोलबाग में अपनी एक सखी ललिता श्रीवास्तव के साथ रहने लगी और वहीं उसके साथ एक प्राइवेट माउण्टेसरी स्कूल में अध्यापन-कार्य शुरू कर दिया।

कूमद के दिल्ली आने से कुछ नई समस्याएं उठ खड़ी हईं। वह इतने खुले स्वभाव की लड़की थी कि उसने अपने प्रेम-सम्बन्ध को न पहले किसीसे छिपाया था और न अब छिपाने की ज़रूरत समझती थी। उसके इस व्यवहार से पहली परेशानी तो मां और भाई को हुई। उन्हें मालूम था कि वह राजेश से प्रेम करती है, लेकिन यह मालूम नहीं था कि राजेश की शादी हो चुकी है। कारण यह कि राजेश जितने दिन मेरठ में रहा, अपनी पत्नी सन्तोष को वहां नहीं ले गया। वह अपनी सास के पास अम्बाला में रहती थी, जहां राजेश के पिता स्टेट बैंक में खजांची थे। उसने ब्याह की बात कुमुद को इसलिए बता दी थी कि प्रेम के नाम पर छल, कपट या धोखा करना उसे स्वीकार नहीं था। लेकिन कुमुद की मां और भाई फिर भी धोखे में रहे। उनका खयाल था कि कुमुद अगर राजेश से प्रेम करती है तो अन्त में उससे ब्याह भी कर लेगी ; और इसमें वे कोई दोष नहीं समझते थे। राजेश उन्हें खुद भी पसन्द था।

लेकिन लड़की बिना ब्याह किए ही किसीके पीछे दीवानी हो जाए और घर-बार छोड़ दे, यह तो उनके लिए चिन्ता और बदनामी की बात थी। इसलिए वे उसे समझाने-बुझाने दिल्ली आए थे ; लेकिन कुमुद ने उनकी एक न सुनी, साफ-साफ कह दिया :

'मां, मैंने आज तक तुम्हारी कोई बात नहीं टाली। लेकिन आज मैं मजबूर हूं। जहां राजेश हैं मैं भी वहीं रहूंगी। उनसे अलग रहना मेरे लिए सम्भव नहीं है।'

'हम तुम्हें अलग रहने को नहीं कहते।' मां ने सस्नेह कहा, 'तुम उसके साथ रहो। लेकिन साथ रहने से पहले उसे कहो कि ब्याह कर ले।'

'ब्याह तो एक रिवाज-मात्र है, जो बिना प्रेम के भी हो जाता है। मैंने ब्याह की नीयत से प्रेम नहीं किया है।'

मां चकित-सी बेटी की ओर देखने लगी। मन में क्रोध भी उठा लेकिन अपने-आपको संयत करके बोली, 'कुमुद, तुम इतनी मूर्ख हो मैं यह नहीं जानती थी। आखिर सोचो तो सही, बिना ब्याह के प्रेम कैसे निभेगा और कब तक निभेगा ?'

'जैसे निभ रहा है वह सब जानते हैं, और मेरा खयाल है कि योंही उम्र-भर निभेगा।' कुमुद ने बिना स्वर को ऊंचा-नीचा किए निर्भीकता से उत्तर दिया।

'वह न निभाए तो?' मां ने तनिक रुककर प्रश्न किया।

'उनके निभाने की शर्त नहीं। प्रेम मैंने किया है और मैं निभाऊंगी।'

अनुभवशील मां को अल्हड़ बेटी की हठ पर दया आई और वह हंसकर बोली :

'अगर वह किसी और से ब्याह कर ले, तब तुम कैसे निभाओगी ?'

कुमुद ने राजेश के ब्याह की बात जान-बूझकर मां से छिपा रखी थी। एक तो इसलिए कि जब तक सम्भव हो सके उसे यह व्यर्थ का आघात न पहुंचाया जाए और दूसरे इसका अर्थ विरोध को टालना भी था। पर अब आघात और विरोध की परवाह न करके उसे अपने संकल्प को दृढ़ता से सिद्ध करना था। सचाई और ईमानदारी

का तकाज़ा भी यही था कि मां को वास्तविक स्थिति से सूचित कर दिया जाए।

'उनका ब्याह हो चुका है और दो बच्चे भी हैं।' कुमुद ने धीरे से कहा और वह यों मुस्कराई जैसे सुकरात विष का प्याला पीकर मुस्कराया होगा। उसकी आंखों में शहादत का नशा था।

मां ने सिर दोनों हाथों से थाम लिया। उसकी दृष्टि में धरती और आकाश घूम गए।

'वे अपनी पत्नी और बच्चों में रमे रहें, मुझसे एक क्षण भी प्रेम न करें, लेकिन मैं उनसे प्रेम करूंगी; और जब तक सांस है, तब तक करूंगी। मेरा प्रेम, प्रेम है, उसमें स्वार्थ या ईर्ष्या लेश-मात्र भी नहीं है।' कुमुद ने उन्माद में बहकर बात शुरू की और कहती रही।

'यह प्रेम नहीं, पागलपन है।' मां चिढ़कर बोली, 'देख लेना, तुम खुद अपनी ज़िन्दगी खराब करोगी और हमारी नाक कटवाओगी।'

'मां, समझ में नहीं आता कि मेरे पागलपन से तुम्हारी नाक कैसे कटेगी?' कुमुद ने आगे लटकते हुए खुले बालों को अंगुली पर लपेटते हुए उत्तर दिया, 'जब यहां हज़ारों जिन्दगियां हर रोज़ बिना किसी पागलपन के खराब होती हैं, तब किसीकी नाक नहीं कटती। किसी एक व्यक्ति के पागलपन से यह समझदार दुनिया इतना क्यों चिढ़ती है? क्या वह नहीं जानती कि मजबूरी के दुःख सहने से मर्जी का दुःख सह लेना कहीं बेहतर है। मैं तो इस दुःख को भी सुख मानती हूं। ज़िन्दगी अगर खराब होती है तो भी मुझे कोई चिन्ता नहीं।'

मां ने जब देखा कि बेटी पर कोई ज़ोर नहीं चलता ; लाख समझायो, वह अपनी हठ नहीं छोड़ेगी, तो उसने राजेश के आगे झोली फैलाकर भीख मांगी, 'बेटा, वह नहीं मानती तो तुम्हीं मान जाओ, और मेरी बेटी मुझे दे दो।'

'माताजी, मेरा इसमें कोई दोष नहीं।' राजेश ने विनीत भाव से

उत्तर दिया, 'मैंने तो कुमुद से पहले ही कह दिया था कि मेरी शादी हो चुकी है, तुम यह गलती न करो। एक विवाहित पुरुष से प्रेम करना उचित नहीं है। उसकी अपनी सामाजिक ज़िम्मेदारी है। पर इसने मेरी एक नहीं सुनी। कहने लगी—तुम मुझसे प्रेम न करना। मुझे तो किसी भी व्यक्ति को प्रेम करने का अधिकार है और वह मैं करूंगी।'

'यही तो इसका पागलपन है। तुम इसे सीधी राह पर लाने में हमारी सहायता करो।'

'जो सहायता आप कहें, मैं करने को तैयार हूं। मैं इसे पहले भी कह चुका हूं और अब आपके सामने कहता हूं कि वह किसी भी व्यक्ति से ब्याह कर ले ; मुझे इससे खुशी होगी।'

'तुम्हें शायद खुशी हो, पर मुझे तो नहीं होगी।' कुमुद ने तुनककर कहा, 'बिना प्रेम का ब्याह आत्महत्या है। मुझे लाश बनकर जीना स्वीकार नहीं।'

'लेकिन सिर्फ ब्याह ही क्यों, तुम किसी दूसरे व्यक्ति से प्रेम भी तो कर सकती हो।'

'असम्भव !' कुमुद ने आंखें बन्द कर सिर हिलाया।

'असम्भव क्यों ? जब तुम मुझे प्रेम कर सकती हो, तो किसी दूसरे से क्यों नहीं कर सकतीं ? मुझमें कौन-सा ऐसा सुरखाब का पर लगा है ?'

'नहीं जानती, शायद सुरखाब का पर ही होगा। जिन आंखों में तुम्हें बिठाया है, किसी दूसरे को नहीं बिठा सकती।' उसने मुस्कराते हुए उत्तर दिया। फिर मां की ओर पलटकर और स्वर बदलकर बोली, 'मां, सुन लो। एक बार नहीं, सौ बार सुन लो। मैंने इन्हें प्रेम किया है और अब जीवन-भर इन्हींकी होकर रहूंगी।'

'मैं तुम्हारी चुटिया काट लूंगा और मुंह पर कालिख मलके दर-दर की भीख मंगवाऊंगा।' त्रिलोक ने तैश में आकर कहा।

'भाई साहब, यह तुम नहीं बोल रहे, अहंकारी पुरुष का दम्भ बोल रहा है। पर तुम इतने सभ्य हो कि मेरी तरफ अंगुली भी नहीं उठाओगे। तुम्हें चुटिया काटने का शौक हो तो लो, अभी काट लो।'

और कुमुद ने मुस्कराते हुए गर्दन झुका दी थी।

भाई निरुत्तर हो गया था। मां ने माथा पीट लिया था और निराश होकर घर लौट आई थी।

इन सब बातों की भनक सन्तोष के कान में भी पड़ी थी। राजेश ने पूछने पर उसे सब कुछ सच-सच बता दिया था और अन्त में कहा था, 'देखो सन्तोष, मैं मानता हूं कि यह तुम्हारे साथ ज़्यादती है। इसके लिए मैं तुमसे माफी चाहता हूं। लेकिन तुम अगर लड़ाईझगड़ा करोगी तो उससे कुछ लाभ न होगा। तुम खुद परेशान रहोगी और मुझे भी परेशान करोगी।'

सन्तोष बेचारी की क्या औकात थी कि लड़ाई-झगड़ा करती ! गृहस्थ स्त्री सौ तरह के दुःख सहन करती है। वह पुरुष के अधीन है। उसे छोड़कर कहीं जा नहीं सकती। सन्तोष ने सहजबुद्धि से परिस्थिति को समझा और दिल पर पत्थर रखकर यह दुःख भी सहन किया।

राजेश अपने माता-पिता का पहलौठी का बेटा था। उसके अलावा एक लड़का और एक लड़की दो सन्तानें और थीं। जब तक वह मेरठ में रहा, उसकी पत्नी सन्तोष माता-पिता के पास अम्बाला में रही। वह अब भी साल-भर में दो-तीन महीने वहां गुजार पाती थी। स्वभाव की नेक और उदार थी। सास-ससुर उसे बेटी की तरह प्यार करते थे। लेकिन उसने राजेश की शिकायत उनसे भी नहीं की।

तीन-चार साल इसी तरह बीत गए। इस बीच में उनका तीसरा बच्चा मैनी पैदा हुआ। राजेश हर महीने की पूरी तनखाह पत्नी

को लाकर थमा देता। कुमुद के साथ घूमने-फिरने या पिक्चर देखने का प्रोग्राम होता तो पहले से कह जाता, 'आज मैं रात को देर से आऊंगा।' सन्तोष इतने ही में समझ लेती और चुपचाप गृहस्थी चलाती।

इधर उनका प्रेम फलता-फूलता रहा और उधर सन्तोष अपने दिल में नासूर पालती रही।

त्यागी राजेश का मेरठ ही से अन्तरंग मित्र था। वह भी अब दिल्ली ही में काम करता था। वह राजेश के घर भी आता-जाता था और कई बार कुमुद के साथ घूमने और पिक्चर देखने में भी साथ होता था। उससे राजेश का कोई भेद छिपा नहीं था। एक बार कुमुद काफी बीमार हुई। राजेश उसकी तीमारदारी में बहुत परेशान था। सन्तोष को परेशानी का कारण मालूम हुआ तो उसने राजेश से कुछ नहीं कहा, लेकिन त्यागी को साथ लेकर वह खुद कुमुद को देखने गई। ज़िद करके उसे अपने लाथ ले आई और जब तक वह बिलकुल स्वस्थ न हो गई, घर पर रखा और तन-मन से उसकी सेवा-सुश्रूषा की।

'काश, मैं यहां न आती !' कुमुद जब अच्छी हो गई तो उसने एक दिन लेटे-लेटे राजेश से कहा।

'क्यों, तुम्हें कुछ तकलीफ है ?' राजेश ने पूछा।

'तकलीफ तो कुछ नहीं, पर मैं सोचती हूं कि सन्तोष बहन का एहसान कैसे चुकाऊंगी।'

राजेश को शरारत सूझी और उसने मुस्कराकर कहा, 'एहसान अगर वाकई चुकाना चाहती हो तो बहुत आसान है।'

'कैसे ?' कुमुद ने तुरन्त पूछा।

सन्तोष काम से बाज़ार गई हुई थी और छोटा बच्चा मैनी कुमुद

के साथ लेटा हुआ था।

राजेश ने जो बात सोची थी वह उससे एकदम कहते न बन पड़ी। वह कुमुद और बच्चे की तरफ देखता और हाथों की अंगुलियां चटकाता चुप बैठा रहा।

'बतायो न।' कुमुद ने आग्रह किया।

'छोड़ो भी, नहीं कहूंगा। तुम्हें बुरा लगेगा।'

'फिर भी ?'

'मैं सोच रहा था, उसने सकुचाकर कहा, 'एहसान चुकाना है तो मुझे छोड़ दो, वह बेचारी सुखी होगी।'

कुमुद गम्भीर हो गई। चुपचाप राजेश के मुख की ओर देखती रही और फिर जैसे उसके मन का भाव पढ़कर बोली, 'मैं तो तुम्हें छोड़ दूंगी, पर क्या तुम भी मुझे छोड़ सकोगे ?'

'नहीं कुमुद, अब तो यह असम्भव जान पड़ता है।'

राजेश ने दृढ़ स्वर में कहा। कुमुद सुनकर खिल उठी और उसके क्षीण पीले मुख पर रोशनी आ गई। शरीर में सिहरन-सी उठी और उसने मैनी को छाती से सटाकर उसका मुंह चूम लिया।

'बड़ा प्यार आ रहा है !'

'बच्चे होते ही प्यारे हैं।'

'और अगर कहीं...'

राजेश आगे नहीं कह सका। सिर्फ कुमुद की ओर देखकर मुस्करा दिया।

'होने दो, मैं उसे पालूंगी।' कुमुद ने गर्दन उठाकर सगर्व कहा।

'सच?'

'देख लेना। मैं किसीसे नहीं डरती।'

कुमुद ने आवेश में उत्तर दिया था और इसी आवेश का परिणाम यह गुड्डू था।

दोनों मित्र वहां से निकले तो टहलते-टहलते किशनगंज स्टेशन की ओर चले गए। दिन छुप चुका था। सड़क पर बिजली की बत्तियां जल गई थीं। जहां बत्तियां नहीं थीं, वहां अंधेरे ने अपना शासन जमा लिया था। राजेश प्रसन्न होने के बजाय उदास-उदास था और मन पर बोझ-सा महसूस कर रहा था।

"क्या बात है ? कैसी चुप्पी लगी है ?" त्यागी ने उसके कन्धे पर हाथ रखकर पूछा।

राजेश चलते-चलते रुक गया। योंही बिजली के खम्भे की ओर देखने लगा—देखता रहा।

"त्यागी, तुम बहुत दिनों के बाद मिले हो।" उसने त्यागी की ओर देखते हुए बात शुरू की, "मैं तुमसे बहुत-सी बातें करना चाहता हूं। पर बात करने का मूड और माहौल नहीं है।"

"मूड तो बनाए से बनेगा।"

"हां, यह तो ठीक है।" राजेश ने अर्थपूर्ण ढंग से सिर हिलाया, "मेरा खयाल है, वापस भाभी सुगरी के पास चलें।"

वे जिधर से आए थे, उधर फिर लौटे।

बस्ती में पहुंचकर इस बार वे कुमुद के कमरे में नहीं गए, बल्कि एक दूसरे कमरे में प्रवेश किया, जिसमें एक सोफा और दो-तीन कुर्सियां पड़ी थीं और दीवार के साथ एक चारपाई बिछी थी। दर्मियान में एक मेज़नुमा बैंच पड़ा था। एक चौदह-पन्द्रह साल का लड़का दूध की लस्सी बना रहा था। चीनी और बर्फ मिलाने के लिए वह लस्सी को लापरवाही से एक बगूने से दूसरे बगूने में पलट रहा था और मस्ती-भरे अन्दाज़ में एक फिल्मी गाने के बोल, 'थोड़ा-सा प्यार दे दो, हम ज़िन्दगी बना लें'—लहक-लहककर गा

रहा था। ज़िन्दगी बनातेबनाते उसका हाथ एकाएक कांप गया और लस्सी की काफी मात्रा बैंच पर बह गई, जिसकी उसने तनिक भी परवाह नहीं की।

"गोपाल, यह क्या बना रहे हो ?" राजेश ने उसे टोका।

गोपाल की लय टूटी और उसने चौंककर ऊपर देखा।

"आओन बाबूजी, आओ। लस्सी पिओ।" उसने मुस्कराते हुए उनका स्वागत किया।

"लस्सी जिसे देनी है, दे आओ। फिर भाभी से कहो, हमारे पीने का इन्तज़ाम वे करेंगी।"

"आज घर में तो है नहीं।" गोपाल ने भेद-भरे स्वर में कहा। "न सही घर में। हमारा नाम लेना, वे कहीं से ले देंगी।"

"अच्छा बाबूजी, अच्छा !" गोपाल ने मदारी की तरह सिर हिलाया और बगूने उठाकर भाग गया।

दोनों मित्र सोफे पर बैठ गए। राजेश ने सिगरेट जलाया और पीने लगा।

गोपाल थोड़ी देर बाद लौटा और बगल से शराब की बोतल निकालकर बैंच पर रख दी। राजेश और त्यागी ने एकसाथ बोतल की ओर देखा और उनकी आंखें चमक उठीं।

"बंते के यहां से लाया हूं।" गोपाल ने सगर्व कहा।

"ठीक है, ठीक है।" दोनों ने सिर हिलाए।

गोपाल ने मशीन की सी तेजी के साथ दो सोडे, दो शीशे के गिलास और एक प्लेट में चूरा बर्फ और दूसरी में कटे हुए प्याज़ और टमाटर आंख झपकने की देरी में सामने ला धरे।

"अब कुछ सरूर आया है, अब मूड बना है।" राजेश ने दूसरा गिलास आधा खत्म करके मस्त आंखें से त्यागी की ओर देखा।

"मैं कई बार सोचता हूं कि शराब छोड़ दूं," त्यागी बोला,

"लेकिन शराब छोड़ दें तो फिर पीने की चीज़ ही क्या रह जाती है !"

"बल्कि यों कहो, शराब न हो तो ज़िन्दगी क्या है। लो, सिगरेट पिओ।" राजेश ने डिब्बी उसकी ओर बढ़ाई।

"हां अब तो सिगरेट भी चलेगी।" त्यागी सिगरेट के लिए हाथ बढ़ाकर बोला।

दोनों ने सिगरेट जलाए और शराब के गहरे घूंट भरे।

"पिछले दिनों एक पौराणिक कथा पढ़ी थी जो बिलकुल मुझपर लागू होती है।" राजेश ने सरूर में हाथ हिलाते हुए कहा, "और लुत्फ की बात यह है कि कथा की नायिका का नाम भी तुम्हारी इस बहन की तरह कुमुद है..."

"तुम फिर बकवास करते हो !" त्यागी ने आंखें तरेरकर विरोध किया।

राजेश शरारत-भरे अन्दाज़ से उसकी तरफ देखता और मुस्कराता रहा।

"देखो त्यागी, वह सिर्फ यू० पी० की ही नहीं, तुम्हारे खास ज़िला मेरठ की है।"

"वह तो है।"

"फिर उसे बहन बनाते तुम्हें शर्म क्यों आती है ? क्या तुम अपनी बहन को किसीसे प्रेम करने का हक नहीं दोगे ?"

"वह तो अगर मैं न भी दूं, शायद वह ज़बरदस्ती ले ले।"

त्यागी ने शराब का एक घूंट भरा और स्वर तनिक ऊंचा करके आगे कहा, "लेकिन तुम यह बताओ कि तुम मेरे दोस्त होकर मेरी ही बहन से इश्क लड़ाओगे ?"

"यार, यह तो वाकई सोचने की बात है !"

"आइन्दा ऐसी गुस्ताखी मत करना।" त्यागी ने बैंच पर हाथ . पटककर कहा।

"मैं कान पकड़ता हूं। मेरी क्या मजाल कि गुस्ताखी करूं।" राजेश ने एक लम्बा घूंट भरा और गिलास बैंच पर रखते हुए कहा, "खैर, अब तुम कथा सुनो।"

"हां, सुनाओ।"

"जाने किस ज़माने की बात है कि एक कुमुद नाम की राजकुमारी किसी शूर्पक नाम के नौजवान पर लट्टू हो गई। शूर्पक एक गरीब मछुआ था। उस बेचारे में इतना साहस कहां कि राजकुमारी के प्रेम का उत्तर दे सके! पर राजकूमारी उसके वियोग में तिल-तिल घुलती रही..."

"तिल-तिल घुलती रही—वाह! क्या शायरी फरमाई है आपने!" त्यागी बीच में बोल उठा।

"तुम ध्यान से कथा सुनो।"

"तो क्या बिना सुने ही दाद दे रहा हूं?"

"आखिर कामदेवता मदन ने राजकुमारी के विरह से पसीजकर तीर-कमान संभाली और शूर्पक को विवश कर दिया कि वह सब सामाजिक बंधनों को तोड़कर राजकुमारी से प्रेम करे।"

त्यागी एक क्षण चुपचाप राजेश के मुंह की ओर देखता रहा। और फिर मुस्कराकर बोला :

"कथा पढ़कर तुम्हें बड़ा नैतिक बल मिला होगा?"

"हां, मैं इस प्रेम के मामले में अपने-आपको शूर्पक की तरह विवश महसूस करता हूं। मैं भी सामाजिक बन्धन तोड़ने पर मजबूर हुआ हूं।" .

और राजेश के गिलास में जो शराब बची रही थी वह उसने गटागट अन्दर उंडेल ली।

"शूर्पक ने जो बन्धन तोड़े वे कुछ और थे।" त्यागी ने दार्शनिक भाव से कहा। लेकिन राजेश ने चौंककर त्यागी की ओर देखा। वह

अपनी जगह तना बैठा था और उसका स्वर दृढ़ था। "शूर्पक को राजसत्ता का भय था; वर्ण और जाति-भेद का भय था।" त्यागी ने भी गिलास खाली किया और बात जारी रखी, "प्रेम अगर मनुष्य को भय से ऊपर उठने में समर्थ बनाए तो वह व्यक्ति और समाज दोनों के लिए कल्याणकारी है; क्योंकि भय से मुक्त होकर व्यक्ति और समाज दोनों का विकास होता है।"

राजेश ने गोपाल को आवाज़ दी। लेकिन इस बार गोपाल के बजाय सुगरी भीतर पाई।

"भाभी, हमें थोड़ी-सी बर्फ और एक सोडा चाहिए।"

भाभी ने दोनों चीजें ला दीं और बोतल की तरफ देखते हुए पूछा :

"कुछ और चाहिए ?"

राजेश और त्यागी ने एक-दूसरे की ओर देखा और आंखों ही आंखों में मशविरा किया।

"हमारे लिए इतनी ही काफी है।" राजेश बोला और पलटकर सुगरी से कहा, "भाभी, बस और नहीं चाहिए।"

सुगरी चली गई और त्यागी अन्तिम पैग बनाने लगा।

"जैसे खालिस शराब जलाने से लाल-नीली लपट निकलती है," राजेश ने बात शुरू की, "उसी तरह कुमुद की आंखों में मुझे वह लपट दिखाई देती है और मुझपर एक नशा तारी हो जाता है। अब कुमुद भी शराब की तरह मेरी ज़िन्दगी में घुल-मिल गई है। न मैं उसे छोड़ सकता हूं और न वह मुझे छोड़ती है।"

"यह ठीक है कि हमारे इस विवाहित जीवन में जिस मानसिक सन्तोष का अभाव रहता है," त्यागी ने गिलासों में सोडा डालते हुए कहा, "इस प्रेम से तुम्हारे उस अभाव की पूर्ति होती है। लेकिन इससे तुम्हारे मन में एक चोर तो पैदा हुआ है, जिसे तुम किसी न किसी बहाने छिपाने की कोशिश करते हो।"

"चोर अगर कभी था तो उसे अब निकाल दिया है।" राजेश ने नशे में हाथ हिलाया।

"चोर नहीं निकल सकता...नहीं निकल सकता।" त्यागी ने एक-एक शब्द पर जोर दिया और बात जारी रखी, "तुम्हारी आत्मा अब भी तुम्हें कौंचती रहती है कि तुम एक अबला नारी—अपनी विवाहिता स्त्री के —प्रति अन्याय कर रहे हो। इस अन्याय की कौंच से बचने के लिए तुम बातें बनाते हो—कला का सहारा लेते हो।"

राजेश ने त्यागी की ओर देखा और एक क्षण मौन का बीता। "यह अन्याय मेरे साथ भी हुआ और इसमें दोष समाज का है, क्योंकि उसने हमें अपनी गली-सड़ी विवाह-प्रथा के बन्धन में बांध दिया है।"

राजेश भावुकता में भर उठा था और आवेश में बोल रहा था। त्यागी ने कोई उत्तर नहीं दिया। वह चुपचाप उसकी ओर देखकर मुस्कराने लगा।

"मुस्कराने की बात नहीं, क्या तुम इस विवाह-प्रथा को उचित और सही मानते हो ?" राजेश ने फिर कहा।

"जहां तक उचित और अनुचित का सवाल है, मैं वर्तमान विवाहप्रथा को तुम्हारी ही तरह गली-सड़ी और अनुचित मानता हूं। एक विवाह-प्रथा ही क्या, यह पूरी सामाजिक व्यवस्था ही गली-सड़ी है, बिलकुल औंधी रखी हुई है। इसे सीधा करने की ज़रूरत है। लेकिन समाज कैसा भी हो, जैसी-तैसी उसकी एक विवाह-प्रथा भी ज़रूरी है। विवाह परिवार की बुनियाद है और परिवार के बिना समाज नहीं चल सकता..."

"वाह दार्शनिक साहब, वाह ! क्या भाषण दिया है, तबियत खुश कर दी !" राजेश ने झूमते हुए कहा और त्यागी की बात काट दी।

"देखो राजेश, मेरी बात को चुटकियों में मत उड़ाओ। यह सही है कि तुमने पी है और मैंने भी पी है। इसके बावजूद हम दोनों होश

में हैं, बल्कि यों कहिए कि होश में अब आए हैं। अब हम सही बात कहने, सुनने और स्वीकार करने के मूड में हैं।" उसके गिलास में जो थोड़ी-सी पड़ी थी वह उसने एक ही घूंट में पी ली। 'तलछट' कहते हुए होंठ पोंछे और फिर बात शुरू की, "सच कहो, क्या तुम उस जंगली ज़माने में लौट जाना पसन्द करोगे जब कोई विवाहप्रथा नहीं थी, जब हरएक स्त्री पर हर पुरुष का अधिकार था ?"

अन्तिम वाक्य कहकर त्यागी मुस्कराया और राजेश भी मुस्कराया, क्योंकि इस वाक्य से दोनों की स्मृति में विवाह-प्रथा के आरम्भ के बारे में एक पौराणिक कथा एकसाथ कौंध गई और दोनों के मस्तिष्क में एक चित्र उभर आया।

उद्दालक ऋषि का बेटा श्वेतकेतु अपनी मां की गोद में बैठा दूध पी रहा है। सहसा एक ब्राह्मण यात्री आता है और वह ऋषि-पत्नी को अपनी भोगवासना पूरी करने का आदेश देता है। वह फौरन बेटे को गोद से उतारकर ब्राह्मण के साथ चल पड़ती है।

श्वेतकेतु ब्राह्मण के आदेश को अनुचित समझता है और वह क्रोध से कांपने लगता है।

उद्दालक उसे शान्त रहने के लिए कहता है, 'बेटा, इसमें कुछ भी अनुचित नहीं। हरएक स्त्री पर हर पुरुष का अधिकार है।'

श्वेतकेतु ने कहा, 'यह अधिकार ही अनुचित है। जो स्त्री-पुरुष आपस के सम्बन्ध के अलावा किसी दूसरे से देह-नाता जोड़ेंगे, उन्हें भ्रूण-हत्या का पाप लगेगा......'

"मगर हमने भ्रूण-हत्या का पाप अपने ज़िम्मे नहीं लिया।" कथा समाप्त होते ही राजेश ने बात आगे बढ़ाई, "हमने गुड्डू को जन्म दिया है और लाड़-प्यार से उसकी परवरिश करेंगे। आओ, हम गुड्डू

की सेहत का जाम पिएं।" राजेश ने गिलास उठाया।

"मैं खत्म कर चुका हूं, तुम पिओ।" त्यागी इतना कहकर रुक गया। जब राजेश ने शराब खत्म करके गिलास रख दिया तो उसकी प्रांखों में आंखें डालकर फिर कहा, "मैं जानता हूं कि तुम गुड्डू से बहुत प्यार करते हो। लेकिन तुम्हारे इस प्यार से और इस प्रेम-सम्बन्ध से समाज में कोई परिवर्तन नहीं आता, व्यक्ति का विकास नहीं होता।"

राजेश ने गिलास रखकर टमाटर की फांक मुंह में डाली। उसे चबाता हुआ सोचता रहा और फिर बोला :

"समझ में नहीं आता कि यह समाज है क्या ? हमारा-तुम्हारा भी एक समाज है और जिन लोगों में हम अब बैठे हैं, उनका भी एक समाज है। सब कुछ जानते हुए भी उन्होंने कुमुद और गुड्डू को हाथों-हाथ लिया। यही घटना हमारे-तुम्हारे अभिजात समाज के किसी मोहल्ले में हुई होती तो हंगामा मच जाता।" राजेश रुका और स्वर को संयत करके फिर बोला, "इन लोगों में हंगामा मचानेवालों से कहीं अधिक मानवता है। अपने उस समाज में भाभी की टक्कर की कोई एक औरत तो बताइए। वह कितनी भोली, कितनी मासूम है और त्याग में तो कोई उसका सानी नहीं..'भाभी वाकई महान है ! भाभी जिन्दाबाद !"

"महान !" त्यागी ने विद्रूप भाव से कहा और झूमकर सिर सोफे की पुश्त पर टेक दिया।

"क्या तुम भाभी को महान नहीं मानते !" राजेश ने बैंच पर हाथ पटककर लड़खड़ाती आवाज़ में कहा।

"देखो राजेश, मैं इस वक्त कोई गलत बात नहीं मानूंगा।" त्यागी ने प्रतिवाद किया।

"गलत बात !" राजेश चौंका।

"हां, गलत बात। पहले मैंने नीमदिली से हामी भर दी थी,

पर अब नहीं भरूंगा।" त्यागी ने दृढ़ स्वर में अपना निश्चय दोहराया और आगे कहा, "आखिर महानता की परिभाषा क्या है ? तुम योंही भावुकता में बहक रहे हो। दुनिया शक्तिसम्पन्न को महान मानती है। जो पिस रहा है वह किसी तरह महान नहीं है। क्या अशोक और अकबर इसलिए महान हैं कि वे भोले और मासूम थे..." वह खिलखिलाकर हंसा—हंसता रहा, "रही त्याग की बात। भाभी सन्तोष से अधिक त्याग कौन करेगा ? जानती हैं कि उनके अधिकार पर छापा पड़ रहा है। फिर भी वे तुम्हें और कुमुद को सहन करती हैं। सिर्फ इतना ही नहीं, बीमारी में घर पर रखकर सेवा करती हैं। क्या यह महानता नहीं है ? तुम उनकी महानता को क्यों नहीं पहचानते ?"

"पहचानता हूं दोस्त ! सब पहचानता हूं।" राजेश ने बड़बड़ाते हुए सिर बैंच पर टेक दिया।

"वैसे यह महानता-वहानता निरी बकवास है। महानता की ओट लेकर मनुष्य अपने अहं की पूजा करता है। इस महानता का सबसे बड़ा कल्पित रूप भगवान है, जिसे मनुष्य के अहं ने निर्मित किया है, त्यागी इस अहम्मय झूठ को स्वीकार नहीं करता... ''नहीं करता।"

राजेश ने सिर उठाकर ऊपर देखा। त्यागी सामने तना बैठा था। राजेश को लगा जैसे उसका कद एकदम बढ़ गया हो। यह उसका मानवरूप था, जो हरएक सच और झूठ से बुलन्द था।

राजेश थोड़ी देर चुपचाप उसकी ओर देखता रहा। फिर वह एकदम उठा और 'त्यागी, तुम महान हो, लाओ तुम्हारा मुंह चूम लूं!' कहते हुए सचमुच इसी तरह उसका मुंह चूम लिया जैसे थोड़ी देर पहले गुड्डू को चूमा था।

इस आलिंगन में बैंच हिल गया और कोई शै गिरकर टूट गई।

"क्या हुआ ?" सुगरी अन्दर आई।

"कुछ नहीं भाभी, सिर्फ एक गिलास टूटा है।" राजेश ने उत्तर

दिया। उसकी दृष्टि में हर चीज़ नीली-पीली थी और घूम रही थी।

सुगरी लौट गई।

"चलें !" त्यागी ने उठते हुए कहा।

"बैठो, अभी तुमसे बात करनी है।" राजेश ने उसका हाथ पकड़कर खींचा और त्यागी सोफे में गिर-सा पड़ा।

दो-तीन मिनट मौन के बीते। राजेश झूम रहा था और आंखें झपका रहा था। जैसे उसके भीतर हलचल मची हो और वह उसके वेग में पेड़ की तरह हिल रहा हो।

"देखो त्यागी !" आखिर उसके होंठ खुले, "तुम मुझे अच्छी तरह समझते हो और मैं तुम्हें समझता हूं। मेरा तुमसे कुछ भी छिपा नहीं और ...'और मैंने छिपाने की ज़रूरत ही नहीं समझी। मैं कई बार स्वीकार कर चुका हूं और अब भी करता हूं कि हमारा यह देहसम्बन्ध सन्तोष के प्रति अन्याय है। पर अब हम इतना आगे बढ़ चुके हैं कि अगर चाहें तो भी पीछे नहीं लौट सकते..." राजेश का स्वर टूट गया और उससे कुछ कहते न बना। उसने एक नज़र मित्र की ओर देखा और उसके कन्धे पर सिर रख दिया। त्यागी धीरे-धीरे उसका हाथ सहलाने लगा।

"जिस दिन से गुड्डू का जन्म हुआ है," राजेश ने फिर बात शुरू की, "मुझे उसी दिन से बहुत बड़े संकट का आभास हो रहा है। वह संकट आएगा, अवश्य आएगा, टल नहीं सकता। समाज हमारे इस प्रेम को सहन नहीं कर पाएगा ; पर यह बताओ, कहीं उस संकट में तुम तो हमारा साथ नहीं छोड़ दोगे ?"

त्यागी चुप रहा।

"बोलो, जवाब दो !"

"नहीं !" त्यागी ने राजेश का हाथ अपने हाथ में मजबूती से कस लिया और धीरे-धीरे दोनों के सिर एक-दूसरे से आ मिले।

मंगल का दिन था। राजेश को ड्यूटी पर नहीं जाना था। उसकी साप्ताहिक छुट्टी इसी दिन होती थी। वह सुबह सात बजे से अपने पलंग पर जमकर बैठा था और 'कुन्ती-कर्ण सम्वाद' नाम का एक लेख लिख रहा था। लेख 'अवन्ति' नाम की पत्रिका ने मांगा था। यह पत्रिका समाज की धार्मिक मान्यताओं और उसके नैतिक आचरण पर प्रहार करके अपने मध्यवर्गीय पाठकों में सनसनी और सिहरन पैदा करती थी जिससे उनकी 'दिशाहीन विद्रोह' की भावना संतुष्ट होती थी। इसके लिए रामायण, महाभारत से, पुराणों अथवा अन्य प्राचीन ग्रंथों से सामग्री ढूंढ़-ढूंढ़कर निकाली जाती थी। राजेश इस पत्रिका में बराबर लिखता रहता था। इन लेखों से एक तो आमदनी चोखी हो जाती थी और दूसरे मानसिक सन्तोष प्राप्त होता था। अब भी महाभारत के आधार पर यह लेख लिखा जा रहा था जिसमें कर्ण, कुन्ती से शिकायत कर रहा था—तुमने मुझे तो शर्म के मारे लावारिस बनाकर फेंक दिया। पर यह बताओ, क्या अर्जुन और भीम पाण्डु के औरस पुत्र थे ? अगर नहां थे तो उन्हें तुमने क्यों रखा ? ब्याहमात्र कर लेने से तुम्हारा पाप कैसे छिप गया ? समाज क्या नहीं जानता कि पाण्डु सन्तान उत्पन्न करने के सर्वथा अयोग्य थे ? इसका तो यह मतलब हुआ कि कुमारी बच्चे को जन्म दे तो वह व्यभिचार है; लेकिन ब्याही जो चाहे करे, उसे कोई नहीं पूछता। समाज सब कुछ जानते-बूझते हुए भी आंखें मूंद लेता है।

राजेश ने सम्वाद समाप्त करके पढ़ा और उसे यह जानकर प्रसन्नता हुई कि लेख सशक्त बन पड़ा है। उसने टांगें फैलाकर एक लम्बी जम्हाई ली और पत्नी को पुकारा, "सन्तोष ! गुड्डू कहां है ?

उसे ज़रा मुझे दे दो!"

सन्तोष ने गुड्डू को लाकर राजेश की गोद में दे दिया और खुद स्नान करने गुसलखाने में चली गई।

बड़ा लड़का टैनी बच्चों के साथ गली में खेलने चला गया था। लेकिन छोटा मैनी मां के साथ ही भीतर चला आया था और अब वह पलंग के पास फर्श पर लेट रहा था। उसका दायां गाल धूल और कालिख से सना हुआ था और वह गुटुर-मुटुर छत की ओर ताक रहा था। राजेश ने मैनी की ओर आंख उठाकर देखा तक नहीं। उसका ध्यान गुड्डू में केन्द्रित था। वह बड़ी तीखी नज़र से उसकी आंख, नाक और होंठों को देख रहा था। सहसा वह उसकी बाई बांछ पर चीनी का एक कण देखकर चौंका और उसे आहिस्ता-आहिस्ता तर्जनी से झाड़ते हुए पत्नी को आवाज़ दी :

"सन्तोष, गुड्डु, के मुंह में चीनी किसने डाली थी ?"

"मैंने इसे घुट्टी दी थी।" वहीं गुसलखाने से आवाज़ आई, "इसके पेट में दर्द था।"

राजेश आश्वस्त हुआ और उसने प्यार में भरकर गुड्डू का माथा चूम लिया।

त्यागी को नवजीवन प्रेस में प्रूफरीडर की नौकरी मिल गई थी। कल शाम जब वह मिलने आया था, तब भी राजेश गुड्डू को इसी तरह प्यार कर रहा था। त्यागी ठिठक गया और कुछ क्षण आश्चर्यचकित-सा खड़ा देखता रहा।

'पहचानते हो ?' राजेश ने मुस्कराते हुए पूछा।

'हां, पहचान रहा हूं। पर यह यहां कैसे ?'

'कैसे का क्या सवाल ? गुड्डू, हमारा बेटा है।' राजेश ने हुमककर

उत्तर दिया और बच्चे को छाती से लगाकर उसकी नाक चकोटने लगा।

त्यागी कौतूहल और आश्चर्य की मुद्रा बनाए उसे देख रहा था।

'यह तीन दिन से यहीं है।' राजेश फिर बोला, 'मैं और सन्तोष जाकर इसे ले आए थे।'

'और अब यहीं रहेगा ?'

'हां, सन्तोष ने कहा है कि वह खुद इसे पालेगी।'

त्यागी अपनी आंखों से देख रहा था, इसलिए विश्वास करना पड़ा, वरना कोई स्त्री पति के पाप का अपनी ही गोद में पालन-पोषण करे, यह सम्भव नहीं था। उसने मन ही मन सोचा—कितना बड़ा दिल है सन्तोष का !

गुड्डू के यहां आने का कारण वही संकट था, राजेश ने जिसके बारे में पहले ही आशंका प्रकट की थी। अन्धामुगल बस्ती में वह कुमुद को इसलिए ले गया था कि और कहीं प्रसूति की व्यवस्था न हो सकी थी। जब से उसकी सखी ललिता श्रीवास्तव अपने पति के पास कानपुर चली गई थी, तब से कुमुद अकेली रहती थी। स्कूल की नौकरी छूट गई थी और अकेले तीस रुपया महीना किराया भारी पड़ता था। फिर इस हालत में कोई देखभाल करनेवाला भी नहीं था। कुमुद ने जान-पहचान की किसी दूसरी अध्यापिका के साथ रहने की बात चलाई तो उसने शिष्ट ढंग से टाल दिया या साफ इनकार कर दिया। उसके मुक्त प्रेम की कहानी सबको मालूम हो चुकी थी, इसलिए कोई भी ब्याही या कुंआरी स्त्री उसके साथ रहकर बदनामी मोल लेने को तैयार नहीं थी।

अन्धामुगलवाली व्यवस्था भी अस्थायी थी और कुमुद को यों भी वहां रहना पसंद न था। लोगों को अपराध का एहसास कोंचता था

और वे भय से चौकन्ने रहते थे। एक दिन पुलिस ने छापा मारा तो शराब पानी की तरह बह निकली। सैकड़ों बोतलें टूटी और मटके के मटके खाली हो गए। हर तरफ कीचड़ ही कीचड़ और बदबू से कुमुद की नाक फटने लगी। पुलिस ने जो तेरह-चौदह आदमी गिरफ्तार किए, उनमें सुगरी का ससुर जयपाल भी शामिल था। कुमुद रातभर सो नहीं सकी। जरा आंख लगी तो उसने स्वप्न देखा कि उसका गुड्डू, बड़ा हो गया है और पुलिस उसे भी गिरफ्तार करके ले जा रही है।

'मुझे जल्दी इस नरक से निकालो।' दूसरे दिन जब राजेश मिलने आया तो उसने भय और घृणा के मिले-जुले स्वर में कहा।

'निकालकर ले जाऊं कहां? और इस हालत में तो तुमसे उठा भी नहीं जाता।'

गुड्डू, सिर्फ सात दिन का था और कुमुद वाकई बहुत कमज़ोर थी। उसने एक विवश दृष्टि अपने-आपपर डाली और चुप हो रही।

'मैंने खुशी से तो तुम्हें यहां नहीं रखा। मजबूरी आदमी से सब कुछ करवाती है।' राजेश बोला और रुककर फिर कहा, 'यह कमरा हमें वैसे भी जल्द छोड़ना है। मुझे इस बात की फिक्र है और मैं जगह तलाश कर रहा हूं।'

कुमुद के जिस्म में अब ज़रा जान आई और वह चलने-फिरने के काबिल हुई तो वह भी तलाश करने लगी। लेकिन बहुत दौड़-धूप के बाद भी कोई ढब की जगह नहीं मिली। हफ्ते के अन्दर उन्हें यह कमरा भी खाली कर देना था, इसलिए चिन्ता और बढ़ी। नई बस्ती में सत्तर रुपये महीने का मकान मिल रहा था। उसे त्यागी के साथ सांझे में लेना तय कर लिया। मगर दूसरे दिन कुमुद जब पूछने गई तो वह मकान पहले ही उठ चुका था।

राजेश ने बिन्दु से कह रखा था कि चाहे कुछ भी हो, जिस दिन

तुम्हारे बीवी-बच्चे दिल्ली आएंगे, हम कमरा निश्चित रूप से खाली कर देंगे। अब चार-पांच दिन की मोहलत और थी। इसलिए अधिक सरगर्मी के साथ मकान की तलाश शुरू हुई। दिन को अकेली कुमुद घूमती और शाम को राजेश दफ्तर से लौटकर उसके साथ जाता था। जान-पहचान के सब लोगों से पूछा, दूर-दूर की बस्तियां छान मारी ; पर मकान न मिलना था, न मिला। अगर कहीं मामूली कमरा भी खाली होता, तो लोग देने से पहले सौ तरह के सवाल पूछते, क्या, पति कहां है ?'

राजेश सकपका जाता। उससे सहसा कुछ भी उत्तर न बन पड़ता। जब कुमुद की गोद में बच्चा था तो उसके पति का होना भी आवश्यक था। कोई अविवाहिता स्त्री बच्चा लेकर विवाहित परिवारों मकान ढूंढ़ने जाए, इसकी कल्पना ही सम्भव नहीं थी।

'बड़ी मुसीबत है ! लोग बाल की खाल उतारते हैं !'

एक दिन वे थक-हारकर असफल लौटे तो राजेश ने चारपाई पर गिरते हुए कहा, 'यह बात सच है कि दिल्ली में मौत मिल सकती है, पर मकान नहीं मिलता।'

'इसका मतलब है कि हम दिल्ली छोड़ दें।' कुमुद बोली।

राजेश ने कनखियों से उसकी ओर देखा और मुस्कराकर कहा, 'तुम दिल्ली छोड़ सकतीं तो यहां आती ही क्यों ?'

भाव समझकर कुमुद भी मुस्कराई और दोनों की दृष्टि गुड्डू, पर केन्द्रित हो गई।

'अच्छा सुनो !' राजेश फिर बोला, 'तुम कुछ दिनों मेरठ रह आयो; मां की बात भी रह जाएगी और इस बीच में मैं कोई कमरा-वमरा भी ठीक कर रखुगा।'

'मेरठ !' कुमुद ठुड्डी पर हाथ रखकर सोचने लगी।

'कोई हर्ज नहीं। ठीक है, तुम चली जाओ।'

'और गुड्डू ?'

'इसका भी इन्तज़ाम हो जाएगा।' राजेश ने उत्तर दिया और तनिक रुककर कहा, 'तुम्हारे लौटने तक भाभी सुगरी भी रख सकती है।'

'न बाबा न, इसे यहां तो मैं कभी न छोड़ूं।' कुमुद ने प्रतिवाद किया।

राजेश के मस्तिष्क में एक विचार और भी था। वह बोला, 'तुम धनदेई को जानती हो ?'

'हां, वही मोटी-सी औरत जिसका घरवाला छोले-कुलचे बेचता है। नई बस्ती में वह हमारे पड़ोस ही में रहती थी।'

'हां, वही। आजकल बाड़ा हिन्दूराव में रहती है ; और मेरा खयाल है कि अगर उसे पन्द्रह-बीस रुपये महीना दिए जाएं तो वह गुड्डू को रख सकती है।'

कुछ क्षण मौन के बीते। कुमुद छत की ओर देख रही थी और राजेश बाहर अंधेरे में झांक रहा था।

'क्या गुड्डू को ऐसी ही जगहों पर पलना होगा ?' कुमुद ने व्यथित स्वर में कहा।

'धनदेई अपने बच्चों को कोई खास गन्दा तो नहीं रखती।' राजेश ने उत्तर दिया, लेकिन इस उत्तर से उसकी अपनी तसल्ली नहीं हुई। इसलिए फिर कहा, 'तुम्हारे मेरठ से लौट आने तक सही, आगे फिर सोच लेंगे।'

धनदेई ने गुडडू को बीस रुपये महीना पर अपने पास रखना स्वीकार कर लिया। उसकी गोद का बच्चा साल-भर से महीना डेढ़ महीना ज़्यादा उम्र का हो चुका था। उसे मां के दूध की इतनी ज़रूरत नहीं थी क्योंकि वह ऊपर की चीजें खाने लगा था। और उसकी

छातियों में गुड्डू के लिए काफी दूध था। कम पड़े तो बोतल का दूध भी पिलाया जा सकता था।

यह व्यवस्था हो जाने पर कुमुद मां के साथ मेरठ चली गई। गुड्डू के जन्म के बाद से उसका आग्रह दिन-दिन बढ़ रहा था। वह चाहती थी कि बच्चा किसी आया-वाया को देकर कुमुद उसके साथ चले। वह उसके पास महीना, बीस दिन रहेगी तो लोग-बाग अपनी आंखों देख लेंगे कि उसकी बेटी सोलहों आने कुंआरी है और उसके बच्चा जनने की अफवाहें बिलकुल निराधार हैं। इससे जहां मां जाति-बिरादरी और समाज में सुर्खरू होगी, वहां खुद कुमुद का भविष्य भी निष्कंटक रहेगा। अगर वह कभी ठोकर खाकर संभली और सीधे रास्ते पर आई, तो किसी भले घर में उसकी शादी सम्भव हो सकेगी।

कुमुद मेरठ में बीस-पचीस दिन रही, लेकिन उसे चैन नहीं पड़ा। उसकी आत्मा गुड्डू में अटकी हुई थी। उसे बच्चे की याद हर क्षण सताती और वह यह सोचकर परेशान हो उठती कि धनदेई के घर का जो वातावरण है, वह उसके लिए अनुकूल नहीं है। वहां उसकी चाहे कितनी ही देखभाल हो, पर मां का प्यार तो नहीं मिलेगा। और कुमुद उसे मां का प्यार भी देना चाहती थी। अपनी कोख के जाए को उपेक्षित रखना उसे किसी तरह भी स्वीकार नहीं था।

यह सब सोचकर वह मन ही मन दुःखी होती। कल्पना इस दुःख को साकार बना देती। कई बार गुड्डू उसे भूख-प्यास में रोता-चिल्लाता सुनाई पड़ता और कष्ट में हाथ-पैर पटकता दिखाई देता। आखिर कुमुद के लिए बच्चे से अलग रहना असह्य हो गया और वह मां से उलझकर दिल्ली लौट आई।

आते ही वह बाड़ा हिन्दूराव में धनदेई के घर पहुंची। गुड्डू

एक खटोले पर लेटा हुआ था, आंखों में डीठ भरी थी और मुंह पर मक्खियां भिनभिना रही थीं। फ्राक जो उसे पहना रखा था वह भी काफी मैला था, शायद दो-तीन दिन से बदला नहीं गया था। गुडडू की यह हालत देखकर कुमुद का कलेजा मुंह को आ गया। लेकिन वह चुप रही। उसने बच्चे को सस्नेह छाती से लगाया, पानी लेकर उसका मुंह धोया, फ्राक बदला और आंखों में काजल लगाया।

राजेश भी गुड्डू को देखने कई बार आ चुका था। इस मोहल्ले में छोटे-छोटे मकान थे और उनमें थोड़ी आमदनी के लोग रहते थे। कुमुद के लिए यहीं कमरा ढूंढ़ने का खयाल उसके मस्तिष्क में आया और उसने धनदेई से भी बात चलाई। इसी मोहल्ले में छज्जूराम और रिक्खीराम दो भाई रहते थे। उनका एक छोटा-सा मकान था। निचले हिस्से में छज्जूराम अपने परिवार के साथ रहता था और वहीं अपनी परचून की दुकान भी करता था। रिक्खीराम एक प्राइवेट फर्म में सौ सवा सौ रुपये महीने पर क्लर्की करता था। ऊपर जो दो छोटे-छोटे कमरे थे, उसके हिस्से में आए थे। एक में वह बीवी-बच्चों के साथ खुद रहता था और दूसरा किराये के लिए खाली था। राजेश ने यह कमरा पहले ही तय कर लिया था और अब कुमुद गुड्डू को लेकर उसमें रहने लगी।

पिछले महीने राजेश को जब तनखाह मिली तो बीस रुपये धनदेई के निकल गए और पचीस रुपये कमरे का किराया पेशगी दिया। बाकी तनखाह जब घर जाकर सन्तोष को थमाई तो वह चौंकी और प्रश्नसूचक दृष्टि से पति की ओर देखती रह गई। यह पहला मौका था कि सन्तोष के रहते पूरी तनखाह घर में न पहुंची हो।

'बाकी पैसे खर्च हो गए।' राजेश ने अपराधी की तरह पत्नी की दृष्टि का उत्तर दिया और आगे कहा, 'चिन्ता न करो। मेरा एक लेख

छप चुका है। पचास रुपये और जल्दी आ जाएंगे।'

'चिन्ता किस बात की ! मेरा क्या है, मैं इतने में ही गुजारा कर लूंगी।' सन्तोष ने सीधे स्वभाव कहा। लेकिन शब्दों में विवशता प्रकट थी। राजेश इन शब्दों को कई दिन तक घर के वातावरण में ध्वनित-प्रतिध्वनित होते सुनता रहा। .

कुमुद के लौट आने से स्थिति और जटिल हो गई। जो पचास रुपये घर में आने थे वे उसने अवन्ति के दफ्तर से लाकर उसे दे दिए। जब तक दुबारा नौकरी न लग जाए, उसके गुज़ारे का प्रबन्ध भी राजेश ही को करना था। उसके लिए कम से कम सौ रुपये महीने तो चाहिए। राजेश इतने रुपये हर महीने कहां से लाएगा। तनखाह में जो डेढ़ सौ रुपये मिलते थे, उनमें सन्तोष घर-गृहस्थी की गाड़ी जोड़-तोड़ करके बड़ी मुश्किल से चला पाती थी। अचानक जो मोटे खर्च आ पड़ते थे, उन्हें वह लेखन-कार्य से पूरे करता था।

कुमुद जब तक अकेली थी और नौकरी करती थी, प्रेम का सम्बन्ध सिर्फ भावना से था। कभी-कभी अपराध की टीस ज़रूर महसूस होती थी, वरना इसमें आनन्द ही आनन्द था। लेकिन जब से गुड्डू आया था, इस प्रेम का सम्बन्ध राजेश की जेब से भी जुड़ गया था। पांच सौ रुपये अकेले प्रसूति पर ही खर्च हो गए थे। इसके लिए राजेश ने अंट-शंट लिखा था और जी तोड़कर मेहनत की थी। वह जानता था कि इतनी मेहनत हमेशा नहीं कर सकेगा। एक कहानी-पत्रिका से रचना स्वीकृत होते ही उसे पचास रुपये का मनीआर्डर या चैक तुरन्त मिल जाता था। अब इस पत्रिका को उसने दो कहानियां भेजीं और दोनों अस्वीकृत होकर लौट आईं। उसे आघात-सा लगा। कहानियों को एक नज़र पढ़ा, तो वे उसे खुद न जंचीं। उसके भीतर का साहित्यिक चीख उठा—'पैसे के लिए लिखने से कला का ह्रास होता है !'

उसका मूड बिगड़ गया। क्षण-क्षण खीझ बढ़ती रही। वह घर में अकारण ही सन्तोष पर झुंझलाया, बच्चों पर झुंझलाया और ड्यूटी पर गया तो वहां भी काम में मन नहीं लगा। उसे त्यागी के ये शब्द बार-बार याद आ रहे थे :

'अब नानी याद आएगी बच्चू ! एक नहीं दो-दो गृहस्थी चलानी पड़ेंगी।'

ड्यूटी खत्म करके वह कुमुद के पास गया। गड्डू को गोद में लेकर प्यार किया। लेकिन मन फिर भी स्वस्थ नहीं हुआ। वह इधर-उधर नज़र डालकर बोला :

'यह तौलिया कितना मैला हो गया है ! क्या गुड्डू को इसीसे पोंछ देती हो ?'

'और क्या करूं ? एक ही तो है। हर रोज़ धोया भी तो नहीं जाता।' कुमुद ने उत्तर दिया।

इन शब्दों से भी विवशता प्रकट थी। राजेश की झुंझलाहट बढ़ी। उसने छत की ओर देखते हुए स्वत: कहा, 'प्रेम की कल्पना कितनी सुन्दर है ! लेकिन वास्तविकता यह है कि प्रेम की इस धरोहर को यह गन्दा माहौल मयस्सर आया है।'

'इसमें प्रेम का क्या दोष ?' कुमुद ने प्रतिवाद किया, 'यह तो इंसान की मजबूरी है। इस माहौल में जो इतने दूसरे लोग ज़िन्दगी बिता रहे हैं वे कौन-सा यहां रहकर खुश हैं !'

'उन लोगों की बात छोडो। वे सदियों से इसी माहौल में रहते आए हैं और इतने आदी हो चुके हैं कि उनके दिल से बेहतर ज़िन्दगी का एहसास ही मिट चुका है। लेकिन हमने तो बेहतर जिन्दगी के ख्वाब देखे थे और एक नई डगर अपनायी थी। तुमने या मैंने कभी यह नहीं

सोचा था कि उस डगर की मंज़िल यह कमरा और यह माहौल होगा !'

राजेश ने भावावेश में कहा और निगाहें कुमुद के मुख पर गड़ा दीं। वह चुप रही, लेकिन कुछ गम्भीर हो गई।

'यह तो वही बात हुई,' उसने फिर कहा, 'रहना झोंपड़ियों में और सपने देखना महल के। यह तुम्हारी व्यर्थ की हठ है। प्रेम जिस वस्तु का नाम है, वह हमारे-तुम्हारे लिए नहीं बनी।'

'मेरी हठ आज तुम्हें इतनी भारी क्यों पड़ रही है ?' कुमुद की भवें तन गई।

'वह इसलिए कि हठ तुमने की और दण्ड मैं भुगत रहा हूं।' राजेश ने कहा और नज़रें झुका लीं। शायद वह यह बात कहना नहीं चाहता था, लेकिन अब तीर चुटकी से निकल चुका था।

कुमुद ने गुड्डू को उसकी गोद से ले लिया। उसे मोमजामे पर लिटाकर थपथपाया और फिर राजेश की ओर पलटकर धीमे और संयत स्वर में कहा, 'गुड्डू की और अपनी जिम्मेदारी तुमपर डाली, यह मेरी भूल थी। आगे के लिए तुम हमपर एक पैसा भी खर्च मत करना। मैं अपना बोझ खुद संभालूंगी। कुछ और नहीं होगा तो सडकों पर खडे होकर भीख मांगूंगी।"

'भीख मांगोगी और फिर भी मुझसे प्रेम करोगी। क्यों ठीक है न?' राजेश ने पूछा और विद्रूप भाव से खिलखिलाकर हंस पड़ा, 'हा, हा, हा, कैसी अनूठी सूझ है !'

इसके बाद कोई बात नहीं हुई। कुमुद ने चाय बनाई और दोनों चुपचाप पीते और सोचते रहे।

समस्या का एकमात्र हल यही था कि कुमुद फिर नौकरी करने लगे। कमलानगर के एक प्राइवेट स्कूल में नौकरी मिल भी रही थी। लेकिन सवाल यह था कि जब वह स्कूल में पढ़ाने जाए तो पीछे गुड्डू को कौन संभाले ? आया रखने का मतलब यह था कि मकान भी

कोई ढंग का ले। इससे जो खर्च बढ़ता था वह कुमुद की अस्सी-नब्बे रुपये महीना तनखाह में मुश्किल से पूरा होता था। इस बात पर दोनों काफी सोच चुके थे। अधिक विचार की गुंजाइश नहीं थी।

उस दिन राजेश घर पहुंचा तो रात के दस बज चुके थे। वह खाना खाकर चारपाई पर लेट गया। काफी देर शान्त और निश्चल लेटा रहा, पर नींद नहीं आई। मन में तरह-तरह के विचार उठ रहे थे।

'सिर में तेल मलूं ?' सन्तोष ने पूछा।

'हां, मलो तो शायद नींद आ जाए।' राजेश ने करवट बदलकर कहा।

सन्तोष उठकर सरसों का तेल लाई और राजेश के सिरहाने बैठकर उसके सिर की मालिश करने लगी।

'यह जीना भी कोई जीना है ! आत्महत्या है, सिसक-सिसककर मरना है !' राजेश बड़बड़ाया।

'बात क्या है ?' सन्तोष ने माथे की उभरी हुई नसें दबाते हुए पूछा।

राजेश को जब परेशानी के कारण नींद नहीं आती थी तो पत्नी इसी प्रकार सिरहाने बैठकर मालिश करती थी। इससे थके हुए दिमाग को राहत मिलती थी और दोनों में आत्मीयता बढ़ती थी। ऐसे क्षणों में सन्तोष जब उसका दुःख टटोलती, तो वह मां के लाड़ले बच्चे की तरह दिल का सारा भेद खोल देता और अब भी उसने सारी बात कह सुनाई।

'गुड्डू की बात है न ? तुम चिन्ता मत करो। उसे मैं पालूंगी।' सन्तोष ने स्थिति को समझकर कहा।

राजेश को पत्नी पर पूरा भरोसा था, फिर भी जो कुछ सुना था,

उसपर विश्वास करते न बन पड़ा।

'तुम उसे यहां ले आओ।' सन्तोष फिर बोली, 'जैसे ये दो बच्चे हैं, तीसरा वह भी होगा। मैं इनमें और उसमें कोई फर्क नहीं समझूंगी।'

राजेश ने उसका हाथ अपने हाथ में थाम लिया और उठ बैठा। कुछ क्षण मौन के बीते।

'गुड्डू को लाने के लिए खुद तुम्हें कुमुद के पास चलना होगा। चल सकोगी?' आखिर राजेश ने कहा।

'हां चलूंगी।' सन्तोष ने उत्तर दिया।

दूसरे दिन सुबह दोनों पति-पत्नी कुमुद के कमरे पर गए थे और गुड्डू को ले पाए थे।

सन्तोष गुसलखाने से नहाकर निकली तो राजेश गुड्डू को गोद में लिए खिला रहा था और मैनी बदस्तूर फर्श पर लेटा हुआ था।

"उठो बेटा, यों नहीं लेटा करते।" मां ने बच्चे को पुचकारा और बांह पकड़कर उठाते हुए कहा, "आओ, तुम्हारा मुंह धोकर कुर्ता बदल दूं।"

सहसा उसे कोई बात याद आ गई। वह कानिस की ओर बढ़ी और एक लिफाफा राजेश की ओर बढ़ाते हुए कहा :

"माताजी का खत है। कल आया था।"

"तुमने पढ़ लिया ?"

"हां।"

"क्या लिखा है ?"

"पढ़ लीजिए।"

सन्तोष के स्वर से और गम्भीर मुद्रा से राजेश का माथा ठनका और वह गुड्डू को अलग लिटाकर खत पढ़ने लगा। मां ने बहू को मुखातिब करके लिखा था :

"बेटी सन्तोष,

तुम्हारा खत मिला। पढ़कर दु:ख हुआ। तुम खुद जाकर बच्चे को ले आई हो, यह तुमने बड़ी भूल की। राजेश अगर परेशान था तो तुम मुझे लिखतीं। मैं आकर उसे समझाती। हमने अब तक बहुत सहन किया है, पर उसकी यह बात कभी सहन नहीं करेंगे।

हमें तुम्हारी समझ-बूझ पर पूरा भरोसा था। तुम एक भले घर की बेटी और एक भले घर की बहू हो। पुरुषों के तो ऐसे ही ढंग रहते हैं। हमेशा स्त्री ही कुल-मर्यादा का पालन करती है। बच्चे को अपने पास रखने का अर्थ अनाचार को घर में आश्रय देना है। राजेश से कह दो कि यह नहीं हो सकेगा। तुम्हारे माता-पिता को पता चले तो हम उन्हें क्या उत्तर देंगे? कौन-सा मुंह लेकर उनके सामने जाएंगे ? फिर हमारे भी सन्तान है, हमें भी इसी समाज में रहना है। रिश्ते-नाते हैं, भाई-बिरादरी है। बच्चा घर में लाने से पहले तुम्हें और राजेश को यह सब सोच लेना चाहिए था। ऐसी बातें या तो उन छोटे लोगों में चलती हैं जिनकी समाज को कोई परवाह नहीं है; या फिर उन बड़े लोगों में खप जाती हैं जिन्हें समाज की कोई परवाह नहीं है।

इस बात से राजेश के पिता भी बहुत नाराज हैं। उनका कहना है कि राजेश अब लड़कपन छोड़े और अपनी ज़िम्मेदारी को समझे। भले घर के लड़कों का यह चलन नहीं है। कुछ भी हो, बच्चा तुम्हारे

पास नहीं रहेगा। राजेश जाने या वह जाने जिसने उसे जन्म दिया है। हमारा उससे कुछ भी सम्बन्ध नहीं है। राजेश अगर हमारा बेटा है, तो उसे हमारी बात माननी ही पड़ेगी। तुम यह खत देखते ही बच्चे को लौटा आओ। एक दिन भी उसे घर में मत रखो।

हमें इस बात से जितना दुःख हुआ है उसे शायद राजेश न समझे, लेकिन तुम समझ सकती हो। इसलिए बच्चे को फौरन लौटा दो। राजेश अगर परेशान रहता है तो रहने दो, तुम अपना दिल मजबूत रखो। मैं फिर कहती हूं कि हम इस बात को सहन नहीं करेंगे। अगर राजेश ने ज़रा भी आना-कानी की, तो हमें खुद आना पड़ेगा। थोड़े लिखे को बहुत समझना। पत्र का उत्तर जल्दी देना। टैनी, मैनी को प्यार।

तुम्हारी स्नेहमयी सास
प्रकाशवती"

राजेश ने खत पढ़कर पहले की तरह मोड़ा और लिफाफे में बन्द करके सन्तोष को लौटा दिया।

मैनी पलंग के पास आ खड़ा हुआ था और गुड्डू का नन्हा हाथ अपने हाथ में लेकर खेल रहा था।

"इसका उत्तर आप देंगे ?" सन्तोष ने पति से पूछा।

"तुम्हीं दे दो।" रूखा-सा उत्तर मिला।

"क्या लिखूं ?"

राजेश ने एक नज़र पत्नी की ओर देखा और फिर गर्दन घुमाकर कहा:

"जब रखने की हिम्मत नहीं थी तो फिर लाने की क्या ज़रूरत थी?"

"मैं कब कहती हूं कि न रखो?" सन्तोष ने गर्दन झुकाए हुए धीरे से कहा।

"भले घर की बहू-बेटी होकर सास-ससुर की आज्ञा का पालन नहीं करोगी?" राजेश ने पलटकर सन्तोष की ओर देखा।

"मेरे लिए पहले आप हैं। सास-ससुर आप ही के नाते से हैं। मैं पहले आपकी आज्ञा मानूंगी।"

"मेरी आज्ञा ?" राजेश विद्रूप भाव से मुस्कराया, "अगर यही बात थी तो उन्हें बताने की जल्दी क्या थी ?"

"मैं न बताती, पता तो चल ही जाता। तब वे मुझे भी दोषी समझते।"

"अच्छा, तुम दोषी न बनो। लिख दो, मैं गुड्डू को लाया हूं और कुछ भी हो, मैं उसे रखूंगा।"

राजेश ने फिर गुड्डू को गोद में उठा लिया। भीतर से खिन्न और उद्विग्न होते हुए भी वह ऊपर से शान्त और संयत होकर उसे प्यार करने लगा।

जुलाई का महीना था। शाम को बादल घिर आए और दो दिन तक बराबर रिमझिम बारिश होती रही।

दूसरे दिन राजेश छाता लेकर ड्यूटी पर गया। जाते समय हल्की-हल्की बूंदा-बांदी थी, लेकिन रात को जब घर लौटा तो मेंह ज़ोर से बरस रहा था और हवा तेज़ थी। इसलिए छाते ने भी कुछ सहायता नहीं की। वह सिर से पांव तक पानी में भीग गया। जूते और जुरावें कीचड़ में सन गईं और वह गिरता-पड़ता घर पहुंचा।

सुबह आंख खुली तो शरीर में शिथिलता भरी थी और उठने को मन नहीं हो रहा था।

"सन्तोष !"

"जी हां।" रसोई में से आवाज़ आई।

"लाओ, गुड्डू को मुझे दे दो।" उसने लेटे-लेटे कहा।

सन्तोष ने गुड्डू को लाकर पति की बगल में पलंग पर लिटा दिया। राजेश ने पत्नी के मुंह की ओर देखा। उसे यों लगा जैसे उसकी नज़र पत्थर या लकड़ी की किसी ठोस चीज़ से टकराई हो। सन्तोष की मुद्रा से किसी प्रकार का कोई भाव व्यक्त नहीं हो रहा था। राजेश को बौद्धकालीन घरानों की याद आई जिनमें दासियां यन्त्रवत् स्वामी के आदेश का पालन करती थीं। 'पत्नी और दासी!' वह मन ही मन सोचकर हल्के-से मुस्कराया और दूसरे ही क्षण उसकी यह मुस्कराहट खिन्नता में बदल गई।

"चाय तैयार है ; हाथ-मुंह धो लेते।" सन्तोष बोली।

"उठने को मन नहीं हो रहा। यहां चिलमची लाकर धुला दो।" राजेश ने गुड्डू को छाती से सटाते हुए उत्तर दिया।

सन्तोष ने पानी और तौलिया लाकर वहीं हाथ-मुंह धुला दिया। राजेश ने चाय के साथ हल्का-सा नाश्ता किया और फिर अलसा गया।

जब से सन्तोष गुड्डू, को घर में ले आई थी, राजेश के सिर से एक बोझ-सा टल गया था। उसने स्वस्थ मन से पढ़ना और सोचना शुरू किया था। एक ही सप्ताह में दो लेख और एक कहानी लिख डाली थी। लेकिन मां का खत पढ़ने के बाद उसका मूड फिर बिगड़ गया था। खत का उत्तर सन्तोष ने उसी दिन लिख दिया था और लिखकर राजेश को दिखा लिया था। उसने दृढ़ स्वर में 'ठीक है' कहकर हामी भर दी थी। लेकिन उसकी इस दृढ़ता में कहीं न कहीं कुछ कमज़ोरी निहित थी। उसे एक ऐसी स्थिति का आभास हो रहा था, जिसका मुकाबला करने में वह समर्थ नहीं था। वह प्रयत्न करके अपने-आपको संभाले हुए था। ऊपर से प्रसन्न था, मुस्कराता था और गुड्ड को प्यार करता था, लेकिन भीतर मन को अवसाद ने आ

घेरा था। शायद इसीलिए वह कल ड्यूटी-रूम में बैठा सुख-दुःख के दर्शन पर विचार कर रहा था और उसे खलील जिब्रान के ये शब्द याद आ रहे थे—'तुम्हारी वह खुशी ही तुम्हारा ग़म है जिसपर से नकाब उतार दिया गया हो !'

'रतनलाल !' राजेश ने अपने एक सहकारी से पूछा, 'सुख-दुःख के बारे में तुम्हारा क्या खयाल है ?'

रतनलाल अधेड़ उम्र का आदमी था। वह काम करते-करते घिस चुका था और कनपटियों के बाल सफेद हो चुके थे। उस समय वह सिर झुकाए रजिस्टर में आंकड़े दर्ज कर रहा था और उसने बिना ऊपर देखे लिखते-लिखते कहा :

'दोस्त, हम तो इतना जानते हैं, ड्यूटी खत्म हुई, अब घर जाना है।' उसने रजिस्टर बन्द करके आलमारी में रखा और अपना छाता उठाकर फिर वह बोला, 'घर से स्टेशन और स्टेशन से घर—इन दो बातों के अलावा तीसरी बात हमने कभी सोची ही नहीं।'

रतनलाल राजेश को विमूढ़-सा बैठा छोड़कर चला गया।

बाहर हल्की-हल्की फुहार पड़ रही थी। कुछ फासले पर पानी से भरे गड्ढों और पोखरों में बहुत-से मेढक एकसाथ टर्रा रहे थे। उनकी आवाज़ कमरे में पहुंच रही थी।

न जाने क्यों, अब जबकि वह घर पर लेटा हुआ था, जिस्म टूट रहा था और अंग-अंग दर्द कर रहा था, तो मेढकों की 'टर्र, टर्र-र-र' रह-रहकर उसके कानों में गूंज रही थी। वह सारा दिन योंही लेटारहा। उठने को जी नहीं चाहा। वह तन और मन दोनों से शिथिल था। पर जब ड्यूटी का समय हुआ तो उसे सहसा रतनलाल की याद आई। वह 'घर और स्टेशन, स्टेशन और घर' बुदबुदाता हुआ उठा और चलने की तैयारी करने लगा।

"तबियत ठीक न हो तो छुट्टी कर लो।" सन्तोष ने उसे टोका।

"छुट्टी इतनी सहज नहीं है। काम तो करना ही पड़ेगा। मैं नहीं जाऊंगा तो मेरी जगह कोई दूसरा करेगा।"

उसने सहज स्वभाव से उत्तर दिया और शेव का डिब्बा लेकर बैठ गया। लेकिन अगर वह अपने शब्दों पर तनिक विचार करता तो इनका स्पष्ट और सीधा अर्थ यह था कि वह जिस सामाजिक व्यवस्था के खिलाफ विद्रोह कर रहा है, उसीमें स्वभाव से ही बंधा हुआ है। यहां उसमें और रतनलाल में कोई विशेष अन्तर नहीं था। यह स्वभाव ही उसकी कमज़ोरी थी, जो उसे भीतर से कोंचती और दृढ़ता की गेंद को छेदती थी।

बादल छंट गए। मेंह बन्द हो गया। लेकिन घर से स्टेशन जाने और स्टेशन से घर लौटने का क्रम बराबर चलता रहा। अवसाद और शिथिलता से अगर कहीं कुछ बाधा पड़ी, तो बस यह कि इधर कुमुद से भेंट नहीं हो सकी।

एक दिन जब वह ड्यूटी से लौटकर आया तो घर में खूब चहल-पहल थी और कमरा ठसाठस भरा हुआ था। मां आई थी, बाप आया था और साथ ही नन्ही कल्पना आई थी।

राजेश ने माता-पिता का अभिवादन किया, लेकिन आने के कारण से मन ही मन ऐंठ गया और इन्द्रियों को कछुए की गर्दन की तरह भीतर समेट लिया।

वे थोड़ी ही देर पहले आए थे। आने की आशा तो थी, पर कोई इत्तला नहीं थी। इसलिए सन्तोष ने उनके पहुंचने के बाद खाना बनाना शुरू किया और सास ने बहू का हाथ बंटाया। खाते-पीते रात काफी बीत गई। पास-पड़ोस के लोग सो गए। कल्पना, मैनी और गुड्डू भी सो रहे थे। और सब जाग रहे थे। सोने की ओर किसीका ध्यान भी नहीं था। चेहरों पर ऐसी गम्भीरता थी जिसे तनाव कहना ही उचित था। सिर्फ टैनी इस तनाव से मुक्त था। वह दादी के गले में बांहें डाले, उसकी गोद में बैठा था और इधर-उधर की ऐसी बातें बघार रहा था, जो राजेश ने उससे कभी नहीं सुनी थीं।

बाप और बेटा पलंग पर बैठे थे। सास और बहू ने करीब ही दूसरी चारपाई बिछा रखी थी। सास, ससुर और बहु कभी-कभी एक-दूसरे की ओर देख लेते थे, लेकिन राजेश को किसीकी ओर देखने का साहस नहीं पड़ रहा था। उसके होंठ शिंचे हुए थे और आंखें सामने दरवाज़े पर लगी हुई थीं, जैसे मौका लगे तो उठकर भाग जाए।

"बेटा राज !" बाप ने उसकी पीठ पर हाथ फेरते हुए बात शुरू की, "तुमने कुछ हमारा ही खयाल किया होता !"

राजेश ने कोई उत्तर नहीं दिया। पिता की ओर एक नज़र देखकर दांतों से अंगुली काटने लगा।

"छ: चौके चौबीस, छ: पंचे तीस। पहाड़े सुनो न !" टैनी ने दादी की ठुड्डी हिलाकर उसका ध्यान अपनी ओर खींचना चाहा।

"पहाड़े के बच्चे, तुम अब जाकर सोते क्यों नहीं ?" राजेश ने उसे डांटा। टैनी सहमकर दादी की छाती से लग गया।

"यह पहाड़े का बच्चा नहीं, हमारा बच्चा है। तुम भी हमारे बच्चे हो।" प्रकाशवती ने तुनककर कहा, "उनकी बात सुनो और सीधे-सीधे उत्तर दो। आखिर तुमने समझ क्या रखा है ? हम मर नहीं गए, अभी ज़िन्दा हैं।"

प्रकाशवती देखने में एक साधारण महिला थी। उसका चेहरा लम्बूतरा, ठोड़ी तनिक ऊपर को उठी हुई, नाक तीखी और दाईं गाल पर एक तिल था। स्वर ऊंचा नहीं था, पर उसमें ऐसी गरिमा, ऐसा आत्मबल था जो उसके शब्दों को ठोस और तीखा बनाता था, जो मुख से निकलकर हवाइयों की भांति वातावरण में छा जाते थे। उनकी अवहेलना सम्भव नहीं थी।

"कौन कहता है कि ज़िन्दा नहीं हो ?" राजेश ने आंखें चुराते हुए उत्तर दिया।

"इधर मेरी तरफ देखो।" टैनी अब ऊंघ रहा था। प्रकाशवती ने उसे पास ही खाट पर लिटा दिया और बेटे की ओर झुककर कहा, "अगर ज़िन्दा हैं तो फिर यह करतूत क्या है ? इसे क्यों यहां लाकर रखा ?" उसने गुड्ड की ओर संकेत किया।

"क्या तुम्हें मालूम नहीं कि यह मेरा बच्चा है ?" राजेश ने इस बार गर्दन अकड़ाकर उत्तर दिया।

"मालूम है, पर यह हेकड़ी नहीं चलेगी।" प्रकाशवती भी तन गई, "मैंने सब कुछ जानते-समझते हुए भी आंखें मूंद लीं। सोचती थी

कि अभी तुममें लड़कपन है, जवानी का नशा है। कभी खुद अपनी भूल समझोगे और सीधी राह पर आओगे। पर हमारे ढील देने से तुम्हारा हौसला यहां तक बढ़ा कि तुम बाहर के अनाचार को अब घर में ले आए हो ! सुन रखो, हमसे यह सहन नहीं होगा। हम घर की पवित्रता भंग नहीं होने देंगे।"

"आप लोग जिसे पवित्रता कहते हैं, मैं उसे ढोंग और पाखण्ड समझता हूं।" राजेश ने तनिक रुककर अपने-आपको संयत किया और बात जारी रखी, "अगर बच्चे पैदा करना ही अनाचार है तो मैं भी अनाचार हूं, ये टैनी, मैनी भी अनाचार हैं। जिस किसीने सदाचार और अनाचार की यह झूठी सीमाएं बनाई हैं, आए, मुझसे बात करे, मैं इन्हें नहीं मानता।"

बेटे की यह बात सुनकर मां स्तम्भित रह गई। लोहे से लोहा टकराता है तो चिनगारियां निकलती हैं। वातावरण काफी गरमा गया।

"ये सीमाएं हमने बनाई हैं।" मां ने तीखे और दृढ़ स्वर में कहा, "हम जो प्रतिष्ठित जन हैं, हम, जिन्होंने समाज का निर्माण किया है, इन सीमाओं में मनुष्य का कल्याण समझते हैं।" प्रकाशवती की आंखें दहक उठीं और उसने बात जारी रखी, "जो इन सीमाओं को तोड़ते हैं, वे शोहदे, लफंगे और आवारा कहलाते हैं !"

"समझ लो, मैं भी शोहदा और लफंगा हूं।" राजेश ने धीरे से कहा।

"शोहदे और लफंगे हो तो तुम्हारा इस घर में कोई स्थान नहीं।" प्रकाशवती गरजी, "उठायो अपने इस पिल्ले को; जिसने इसे जना है उसीके पास जाकर रहो।"

"मां !" राजेश की आंखों में आक्रोश भरा था।

"बेटा, शान्त रहो और ठंडे मन से सोचो।" उसके पिता

शीतल प्रसाद ने बेटे को पुचकारा, "हमारा नहीं तो अपनी इस पत्नी का ही कुछ खयाल करो। हम सेहरा बांधकर इसे ब्याहने गए थे। समाज-बिरादरी के दस-बीस भले आदमी हमारे साथ थे। हम इसे बहू बनाकर लाए थे और इसके माता-पिता को आदर-सम्मान के साथ इसे रखने का आश्वासन दिया था। तुम्हीं सोचो, जब यह बात फैलेगी तो हम उन्हें क्या मुंह दिखाएंगे ?"

"यही तो मुसीबत है कि ब्याह योंही होते रहते हैं और उन्हें लेकर आदमी उम्र-भर कुढ़ता रहता है।"

"क्यों, इसमें ऐसी क्या कमी है, जिसके कारण तुम्हें कुढ़ना पड़ता है ?" सास ने बह की ठुड्डी पकड़कर उसका सिर ऊपर उठाते हुए कहा, "क्या तुमने इसे पहले नहीं देखा था ?"

"क्या कमी देखने से ही मालूम हो जाती है ?" राजेश ने प्रश्न ही से प्रश्न का प्रतिवाद किया।

"हमने तो व्यवहार में भी कोई कमी नहीं देखी। वह हर तरह सुघड़ और सुशील है।"

"सुघड़ता और सुशीलता से मुझे कब इनकार है ?"

"तो फिर कमी क्या है ?" मां ने बात दोहराई।

"मां, जिस मज़बूत दिल की शिक्षा तुम इसे देती रहती हो, इसमें वह मज़बूत दिल नहीं है।"

राजेश के मुंह से हठात् निकला। अपने इस उत्तर पर उसे खुद भी आश्चर्य हुआ। सन्तोष की गर्दन और झुक गई।

मां ने एक क्षण बेटे की ओर देखा और फिर कहा, "मज़बूत दिल तब होता जब वह तुम्हारा या अपना सिर फोड़ लेती। जो कुछ अब तक सहा है, उसे सहन न करती।"

"यह सहन कर लेना ही इसकी कमज़ोरी है।" राजेश ने उत्तर दिया और स्वर कुछ धीमा करके फिर कहा, "वैसे सहन कर लेना

एक गुण भी है जिसके लिए मैं इसका आदर करता हूं, लेकिन प्यार नहीं कर सकता।"

वह अपने भीतर सत्य का बल महसूस कर रहा था। उसे पांव जमाने के लिए भंवर में भी एक चट्टान मिल गई थी।

"और उस आदर का यह दण्ड दे रहे हो ?" मां ने तर्क आगे बढ़ाया।

"कुछ भी हो, जो हो चुका वह अब मिट नहीं सकता। मैं भी इस घर में रहूंगा और गुड्डू भी इस घर में रहेगा !" उसने निर्णयात्मक स्वर में कहा।

"मैं भी यहीं हूं, तुम भी यही हो। देख लूंगी कि तुम इसे कैसे रखते हो !" मां ने अपने-आपको संभाला और चुनौती दी।

प्रकाशवती देखने में लम्बे कद की पतली-दुबली औरत थी, पर भीतर से वह कमान की तरह कड़ी और लचकदार थी। उसका पति शीतलप्रसाद शांत स्वभाव का सरल व्यक्ति था। अपना काम करके प्रसन्न रहता था, व्यर्थ की चिन्ताओं में उलझना उसे पसन्द नहीं था। मगर प्रकाशवती एक कुशल गृहिणी थी और घर में उसीका शासन था। उसने जालंधर के कन्या विद्यालय में अच्छी शिक्षा पाई थी और इसके अलावा अनुभव से बहुत कुछ सीखा था। वह ज़िन्दगी के मूल तत्त्वों, तकाज़ों और सूक्ष्म भावनाओं को दूर तक गहराई में जाकर समझ सकती थी। यही समझ उसके व्यक्तित्व की वह व्यावहारिक लचक थी, जिससे पति, बच्चे और सगे-सम्बन्धी उससे प्रभावित होते थे और उसका आदर करते थे।

राजेश उसका पहलोठी का बेटा था। वह मां को बहुत चाहता था और मन ही मन उससे आतंकित भी था, शायद इसीलिए कि

लाड़ और प्यार के बावजूद वह उसके चरित्र की कड़ाई को भी महसूस करता था। यही कारण था कि उसे आज तक मां के सामने आंख उठाने की भी ज़ुर्रत नहीं हुई थी। वह उसके तनिक संकेत पर सारी सिट्टी-पिट्टी भूल जाता था। लेकिन मां ने उसपर कभी अनुचित दबाव नहीं डाला था। वह उसकी शरारत और स्वच्छन्दता से चिढ़ने के बजाय अक्सर खुश होती थी। यहां तक कि जब उसे राजेश के इस प्रेम-सम्बन्ध का पता चला, तब वह चौंकी अवश्य और उसे मानसिक आघात भी पहुंचा, लेकिन आघात उसने चुपचाप सह लिया बेटे को इस बारे में एक शब्द भी नहीं कहा और अपने मन को समझाया : 'उसे तो ऐसी पत्नी चाहिए थी, जो मेरी तरह प्यार भी करती और उसे आंख के इशारे पर नचा सकती। सन्तोष में यह गुण नहीं है, पर उस लड़की में ज़रूर होगा जिसे वह प्यार करता है।'

यह सोचकर वह चुप रही क्योंकि इस अपराध के लिए वह बेटे ही को नहीं, अपने-आपको और एक तरह समाज को भी दोषी समझती थी। यह विवेक और न्याय-बुद्धि ही उसकी शक्ति थी और बेटे से व्यर्थ में उलझकर वह अपनी इस शक्ति को क्षीण नहीं करना चाहती थी। जो अपराध परिस्थितियों की देन हो, मनुष्य उसे सहन करने के लिए मजबूर होता है। अगर राजेश अनाचार की सीमा को न बढ़ाता तो वह उसके अपराध को इसी प्रकार तरह देती रहती; लेकिन गुडडू को घर में लाना एक ऐसा पाप था, जिसे वह किसी तरह भी क्षमा नहीं कर सकती थी। पहले पत्र लिखकर समझाया, पर जब राजेश न माना तो वह उसके अविचार से लड़ने का निश्चय करके खुद आई थी। जब तक चुप थी, चुप थी; लेकिन अब बात उठाई थी, तो सोच लिया था कि इधर या उधर दो टूक फैसला करके दम लेगी। मगर जब बेटे ने उद्दण्ड भाव से कहा, 'मां, तुम जिस मज़बूत दिल की शिक्षा इसे देती हो, इसमें वह मज़बूत दिल नहीं है। मैं इसका आदर

करता हूं, लेकिन प्यार नहीं कर सकता ...' तो उसके तर्क का आधार खण्डित हो गया—न्याय-बुद्धि चेती।

वह जब बेटे को चुनौती देकर चारपाई पर लेटी तो रात काफी बीत चुकी थी। आकाश निर्मल और स्वच्छ था और तारे टिमटिमा रहे थे। प्रकाशवती का मन उद्वेलित होने के बजाय शान्त और स्थिर था। वह जिस गुत्थी को सुलझाने आई थी, उसका सूत्र मिल गया था। तीव्र बुद्धि ने इस सूत्र को दांतों से पकड़ लिया था और नाखून उलझनें सुलझा रहे थे।

"देखो पापा, मेरे ये रिबन कितने अच्छे हैं !"

कल्पना, जो रात थकी होने के कारण जल्दी सो गई थी, सुबह गलाबी रंग के दो रिबन हाथों में लिए पिता से कह रही थी।

"मोह, बहुत अच्छे !" राजेश ने कहा और बच्ची को गोद में बिठाकर पूछा, "तुम्हें ये कहां से मिले ?"

"अम्मां लाई थीं।"

"देखो, यह कौया आया है। एक रिबन उसे दे दो।" राजेश ने बाहर आंगन की ओर संकेत किया।

"चल कौए, मैं नहीं दूंगी।" बच्ची ने पांव पटका और मुंह बनाया। राजेश खिलखिलाकर हंस पड़ा।

सारे घर में हंसी-खुशी का वातावरण था। टैनी, मैनी आज असाधारण रूप से चहक रहे थे। सोकर उठते ही उन्हें खाने को मिठाई मिल गई थी।

सन्तोष ने रसोई संभाली और प्रकाशवती ने बच्चों को नहलाया-धुलाया और कपड़े पहनाए। लेकिन जब राजेश ने गुड्डू को उसे देना चाहा तो एकदम दो कदम पीछे हट गई। नज़र को गिलगिला सा लगा

जैसे किसीने मरा हुआ चूहा सामने ला धरा हो।

"ले जाओ, ले जाओ। हमारा यह कुछ नहीं है।" प्रकाशवती कम्पित स्वर में कह उठी।

इसके अतिरिक्त सारा दिन कोई अप्रिय घटना नहीं हुई। शीतलप्रसाद घूमने और परिचितों से मिलने-जुलने चला गया। सास और बहू घर के धन्वे में संलग्न रहीं। उस दिन से ड्यूटी का समय बदल गया था। राजेश ग्यारह बजे स्टेशन चला गया।

शीतलप्रसाद ने बैंक से सिर्फ दो दिन की छुट्टी ली थी और पीछे घर भी सूना था, इसलिए रात की गाड़ी से लौटने का प्रोग्राम था।

"तुम चलकर घर संभालो। मुझे शायद हफ्ता, दस दिन लगें। मैं अब फैसला करके लौटूंगी।" प्रकाशवती ने उसे विदा करते हुए कहा।

"बेटे को ज़्यादा परेशान मत करना। ऐसा न हो कि वह कहीं भटक जाए।" पति बोला।

"चिन्ता न करो। मैं बेटे को तुमसे बेहतर जानती हूं; मैंने उसे पेट में रखा है।" पत्नी ने उत्तर दिया।

वातावरण कुण्ठित था। मां-बेटे में ठन गई थी। वे दोनों एक-दूसरे के लिए अजनबी बने हुए थे। प्रसंगवश अगर कुछ बात करते, चाहे वह भोजन और कपड़ों के बारे में ही क्यों न हो, तो ऐसे जैसे कि बहुत दूर से बोल रहे हों। राजेश वैसे भी मां से दूर रहने का प्रयत्न करता। वह उसके सामने आते झिझकता था। पहले वह ड्यूटी से लौटकर गुड्डू को गोद में लेकर उससे खेलता और जी बहलाता था। पर जब से मां आई थी, उसे गुड्डू को दुलारने का साहस नहीं होता था—अब कल्पना अथवा टैनी-मैनी ही से मन बहलाता था।

प्रकाशवती का बच्चे के बारे में जो भाव एक बार बन गया वह फिर नहीं बदला। वह उसे देखते ही नाक सिकोड़ लेती। नज़र को गिलगिला-सा लगता और मन घृणा और अवज्ञा से भर जाता।

"बहूरानी, तुम इसे मेरे सामने मत लाया करो।" एक बार सन्तोष से कहा और बोली, "मुझे तुमपर दया भी आती है और क्रोध भी आता है। कौन औरत होगी जो सब कुछ जानते-बूझते हुए भी ऐसे बच्चे को अपने घर में लाकर पाले-पोसेगी ?"

"माताजी, आपको तो क्रोध आता है और मुझे यह सब बहुत अच्छा लगता है।" बहू ने आक्रोश के स्वर में कहा, "मैं तो खुद चाहती हूं कि वे उसके साथ सैर-सपाटे करें, होटलों में बैठकर चाय पिएं, सिनेमा देखें और मैं यहां चूल्हा झोंकूं और गृह-मूत धोऊं। जब अपना भाग्य ही ऐसा है, तो सब कुछ सहना पड़ता है। झगड़ा करने को मैं भी कर सकती हूं। पर होगा क्या ? लोग तमाशा देखेंगे।"

"बेटी, ठीक है।" सास ने नर्म पड़कर कहा, "झगड़ा करने और तमाशा दिखाने से कुछ लाभ नहीं। पर मनुष्य को अपने धर्म और परिवार की रक्षा तो करनी ही पड़ती है।"

टैनी और पड़ोस के कुछ बच्चे दौड़ते हुए अन्दर आए। सन्तोष ने उठकर उन्हें समझाया कि यहां शोर मत करो और बाहर जाकर खेलो।

"परिवार की रक्षा के लिए ही मैंने अपना दिल पत्थर का बना लिया। मेरा छोटा भाई भीम मुझे लेने आया। मैंने उसके साथ जाने से इनकार कर दिया और कहा कि यहां जो खेती बो रखी है, मुझे उसकी रक्षा करनी है। वरना आप जानती हैं कि वे मुझे रोटी तो दे ही सकते हैं। उन्हें इस बात का पता चले तो वे चुप नहीं रहेंगे। पर उनके झगड़ा करने से घर तो मेरा उजड़ेगा, बच्चे मेरे रोएंगे। और मैं उनके टुकड़ों पर कब तक जिऊंगी ? इसलिए मां से और भाइयों से मैंने इस बारे में

कभी एक शब्द भी नहीं कहा।"

"यह तुम्हारी समझदारी है बहूरानी," सास ने प्रशंसा की दृष्टि से बहू की ओर देखा और आगे कहा, "औरत की इज़्ज़त मायके में नहीं, उसके अपने घर में है।"

"मैं बहुत पढ़ी-लिखी नहीं," सन्तोष फिर बोली, "पर मैं इतना जानती हूं कि कानून उन्हें इस प्रकार के अनैतिक सम्बन्ध रखने का अधिकार नहीं देता। अदालत में जाऊं तो फैसला मेरे हक में होगा। पर आगे क्या बनेगा ? मुझे फिर इन्हींकी शरण लेनी होगी या फिर सड़क पर खड़ी होकर भीख मांगूंगी। अदालत और उसका कानून मुझे और मेरे बच्चों को भूखा मरते देखकर आंखें मूंद लेगा।"

सन्तोष का स्वर रुंध गया और आंखें आर्द्र हो गईं, लेकिन उसने ज़ब्त करके आंसुओं को भीतर ही पी लिया।

प्रकाशवती ने बहू को आज पहली बार समझा और महसूस किया कि वास्तव में उसका दुःख कितना गहरा है।

"अच्छा बेटी, तुम अपना मन शान्त रखो। जो कुछ हो गया सो ठीक है। अब राज से मैं निबटूंगी।" उसने सन्तोष को आश्वासन दिया।

प्रकाशवती अब तक इसलिए चुप थी कि वह रात की उस चुनौती के बाद अपने मन में एक निश्चित योजना स्थिर कर रही थी और सोच रही थी कि अगर बेटा सीधी तरह न माने और अन्त तक उसकी बात की अवहेलना करे, तो वह फिर कौन-सा कदम उठाए। सन्तोष के साथ इस बातचीत का नतीजा यह निकला कि उसका मस्तिष्क पहले से अधिक स्पष्ट था और वह मामले की गहराई में दूर तक पैठकर सोच सकती थी।

बिल्डिंग में जो दूसरे लोग रहते थे, उनका एक-दूसरे से कोई

सम्बन्ध नहीं था। वे सिर्फ शक्लों से ही एक-दूसरे को देखते-पहचानते थे, वरना उनका पड़ोसी क्या करता है और क्या नहीं करता, इससे उन्हें कोई मतलब नहीं था। कारण यह कि वे सब उखड़े हुए लोग थे। एक अगर लाहौर से आकर बसा था, तो दूसरा मुल्तान से और तीसरा डेरा इस्माइलखां से। हरएक अपने-आपमें इतना उलझा हुआ था कि उसे दूसरों के बारे में खोज-खबर रखने की न तो फुरसत थी और न ही ज़रूरत।

इसके बावजूद जब से गुड्डू घर में आया था, पड़ोसियों की कौतूहलभरी निगाहें उसपर पड़ती थीं। सामनेवाली रेवती ने एक दिन सन्तोष से पूछा भी था, "यह बच्चा किसका है ?"

"इनके एक मित्र का है। मां बीमार रहती है। बहुत दिनों से अस्पताल में है। जब तक वह अच्छी होकर घर न आ जाए, बच्चा हमारे पास रहेगा।" सन्तोष ने बात बनाई।

"कोई हर्ज नहीं बहन ! यार-दोस्त होते ही इसलिए हैं कि मुसीबत में काम आएं।" रेवती ने सन्तोष का मुंह रखने को कहा। लेकिन उसकी आंखों में ऐसा भाव था, जिससे पता चलता था कि वह मन में हंस रही है।

एक दिन उसने सास को भी टटोला। सन्तोष साग-सब्ज़ी लेने बाज़ार गई थी। प्रकाशवती आंगन में चारपाई बिछाए बैठी थी और मैनी उसकी गोद में था। रेवती भी उसके पास आ बैठी और बच्चे की ओर स्नेह और सहानुभूति से देखते हुए पूछा, "यह अब कैसा है ?"

"अब तो ठीक है। रात-भर न आप सोया न मुझे सोने दिया।" प्रकाशवती ने उत्तर दिया। मैनी के पेट में दर्द था।

"बच्चे अल्लम-गल्लम खा लेते हैं। आप दुःख भोगते हैं और हमें भी परेशान करते हैं।"

"गृहस्थ में परेशानियां तो लगी ही रहती हैं।" प्रकाशवती ने सहज भाव से कहा।

"यह तो ठीक है। गृहस्थ में परेशानियां न हों तो गृहस्थ ही क्या है ? एक मुसीबत टलती है तो दूसरी सिर पर आ खड़ी होती है।" रेवती ने समर्थन किया। फिर स्वर बदलकर और प्रकाशवती की ओर तनिक झुककर आगे कहा, "सन्तोष यह एक और बच्चा किसका उठा लाई है ?"

प्रकाशवती ने चौंककर रेवती की ओर देखा। वह ठिंगने कद की औरत थी और नाक तनिक पिचकी हुई थी। देखने में बहुत ही भोली और सरल जान पड़ती थी, पर निचला होंठ कुछ ऊपर उठा हा था और उससे भीतर का विद्रुप प्रकट होता था।

"जब अपने ही बच्चे संभाले नहीं संभलते तो यह मुसीबत पालने की क्या ज़रूरत थी ?" रेवती फिर बोली, "अगर कोई नहीं पाल सकती तो पालने में डाल आए।"

"पालना क्या ?" प्रकाशवती ने विस्मय में भरकर पूछा।

"वाह, पालना नहीं मालूम !" रेवती ने सुविज्ञता जताई और उसने ठुड्डी पर हाथ रखकर बात आगे बढ़ाई, "दरियागंज में एक जगह बनी हुई है, जहां आवारा और लावारिस बच्चे पाले जाते हैं। सीधे देने में तो शर्म आती है, इसलिए बाहर एक पालना लटकता रहता है। विधवा, कुंआरी या कोई भी औरत, जो अपने बच्चे को रखना पसन्द न करे, इस पालने में डाल पाती है। बच्चे के पालने में रखते ही घंटी बजती है और अन्दर काम करनेवाली कोई औरत आकर उसे उठा ले जाती है।"

प्रकाशवती का विस्मय और बढ़ा और वह कई क्षण मौन बैठी रही।

"यह सब दिल्ली में होता होगा। हमने तो पहले सुना नहीं।"

"दिल्ली ही में आग लगी है।" रेवती ने हाथ झटककर कहा, "दिल्ली का कोई ओर-छोर है ! कहां-कहां तक फैली हुई है और जाने इसमें क्या-क्या कुकर्म होते हैं !"

"शहरों में जहां बहुत-से गुण हैं, वहां एक बड़ा दोष यह है कि कोई किसीको पूछनेवाला नहीं। भांति-भांति के लोग बसते हैं, जाति-बिरादरी का अंकुश नहीं रहता ; और जिसका जो जी चाहे, करता है।" प्रकाशवती ने बात सहज ढंग से शुरू की थी, पर धीरे-धीरे उसका स्वर गम्भीर होता गया और अन्त में निःश्वास छोड़कर कहा, "जब जीवन में संयम-नियम न हो तो कुकर्म ही बढ़ता है।"

रेवती मन ही मन मुस्कराई। उसने समझ लिया कि पानी गड्ढे में मरता है। इसलिए यात्मीयता बढ़ाने के लिए और नज़दीक सरक गई।

"दिल्ली का यही हाल है," उसने गम्भीर बनकर कहा, "और हमें भी किसीसे क्या मतलब ! कोई अपने घर में जो जी चाहे करे। सन्तोष भले घर की बहू है, इसलिए उससे बोलचाल है और थोड़ी-सी दिलचस्पी भी है। पर सच्ची बात है, और यह मैं सिर्फ आपसे कह रही हूं। जब उसने बताया कि यह इनके दोस्त का लड़का है और मां अस्पताल में है, तो हमें विश्वास नहीं आया।"

प्रकाशवती ने रेवती के मुख की ओर देखा—और देखती ही रह गई। वह जिस भेद को इतने यत्न से अपने मन में छिपाए हुए थी, वह उसीका उद्घाटन कर रही थी।

"आपको तो मालूम नहीं होगा," वह फिर बोली, "पहले एक लड़की भी बीमार होकर यहां आई थी,और वह कोई दो महीने इसके पास रही। सन्तोष उसे इनके दोस्त की घरवाली बताती थी। हमें तब भी इसकी बात का विश्वास नहीं हुआ था।"

"यह उसीका बच्चा है।" प्रकाशवती के मुंह से हठात् निकला, लेकिन दूसरे ही क्षण सतर्क हो गई। वह मैनी को दवाई देने का बहाना

करके उठी और अपने-आपको संयत करके भीतर चली गई।

रेवती मुस्कराती हुई अपने कमरे में लौटी। उसे जिस कौतूहल और शंका ने बेचैन कर रखा था, वह अब शान्त हो गई थी।

अब जबकि प्रकाशवती इस झगड़े को निबटाने की योजना स्थिर कर रही थी, तो उसे यह घटना भी याद आ रही थी। रेवती की बातों से स्पष्ट था कि भेद, भेद नहीं रहा। लोग मुंह से कुछ न कहते हुए भी सब कुछ जानते-समझते हैं। इसलिए बात फैलने का भय व्यर्थ था। उसने आखिरी कदम उठाने का निश्चय कर लिया।

दोपहर बाद बादल घिर आए। राजेश जब ड्यूटी से लौटा तो बूंदाबांदी शुरू हो गई थी। उसने कपड़े बदले और पलंग पर बैठकर चाय पी। मां भी उसके निकट आ बैठी।

"राज ! मैं यहां कब तक बैठी रहूंगी ? मुझे उधर की भी फिक्र है।" उसने बात चलाई।

"यहां भी तुम्हारा घर है, जब तक जी चाहे रहो और जाना हो तो कल चली जाओ, हमें कोई एतराज़ नहीं।" राजेश ने उत्तर दिया।

"तुम इतने ढीठ और मुंहफट पहले तो कभी नहीं थे। तुम्हें यह हो क्या गया है ?" मां ने तुनककर कहा।

"मां, तुम जो चाहो समझ लो। मुझे कुछ नहीं हुआ। मैं तुम्हारा वही आज्ञाकारी बेटा हूं।"

"आज्ञाकारी होते तो यह करतूत न दिखाते और तुम मेरे कहते ही इसे घर से बाहर छोड़ आते।"

"बता दो, कहां छोड़ पाऊं?"

"मुझे क्या मालूम ?" मां ने गरजकर कहा, "कोई और जगह न हो तो पालने में डाल आओ।"

सन्नाटा ! कई क्षण मौन के बीत गए।

"मां !" राजेश ने दांत पीसकर कहा, "तुम मेरी मां हो इसलिए सुन रहा हूं, वरना किसी दूसरे से मैं यह बात सुनता ?"

उसके कड़े स्वर से सन्तोष सहम गई। पर मां के माथे पर बल नहीं आया, वह निश्चल बैठी रही।

"और नहीं तो आदमी पास-पड़ोस का ही शर्म-लिहाज़ करता है।" मां ने कहा।

"किससे शर्म-लिहाज़ करूं ?" राजेश की गर्दन तन गई, "उस सामनेवाली रेवती से, जो बड़ा सदाचार बघारती है और करतूत यह है कि पति को ठुंठ दिखाकर देवर के साथ रहती है ? देवर भी वह जो सीढ़ियों के नीचेवाले कमरे में दिन-भर जुआ खिलवाता है और दुनिया भर के गुंडे-शोहदे जिसके पास आते हैं।"

"हमें दूसरों से क्या मतलब ! हमें अपने घर को पवित्र रखना है"

"यह अजीब पवित्रता है जो एक मासूम बच्चे से नफरत करना सिखाती है।"

"सुनो राज !" मां ने स्वर को धीमा करके कहा, "तुम्हारा यह व्यर्थ का तर्क नहीं चलेगा। मैं अब तक चुप रहकर तुम्हारे मुंह की ओर देखती रही, अब नहीं देखूंगी। तुम्हें कल तक बच्चे को घर से बाहर छोड़ आना होगा। नहीं छोड़ोगे तो मैं परसों सुबह मरण-व्रत रखूंगी और यहीं प्राण दूंगी।"

बाहर वर्षा तेज़ हो गई थी और धुआंधार पानी बरस रहा था।

राजेश परेशान था कि क्या करे और क्या न करे। वह जानता था कि मां ने जो प्रण कर लिया है, उससे वह एक इंच भी पीछे नहीं हटेगी। इसीलिए मरण-व्रत की घोषणा के बाद गुड्डू को घर में रख छोड़ने का सवाल ही पैदा नहीं होता था। अब इस समस्या के दो ही पहलू थे—या तो वह गुड्डू के लिए कोई दूसरी व्यवस्था करे, या वह उसे लेकर खुद भी घर से चला जाए और खुल्लमखुल्ला डंके की चोट कुमुद के साथ रहना शुरू कर दे और फिर मां से कह दे—संभालो अपनी बहू और बच्चों को, मेरा इनसे कोई सम्बन्ध नहीं है। हमने प्रेम पाला है और उसके लिए मर-मिट जाने की प्रतिज्ञा कर ली है। लेकिन यह बात उसके स्वभाव और संस्कार के विपरीत थी। सन्तोष-अपनी विवाहिता स्त्री— को छोड़ देने की उसने कभी कल्पना भी नहीं की थी। इसके विपरीत वह कुमुद से कई बार कह चुका था : 'तुम जब चाहो, किसी भी व्यक्ति से ब्याह कर सकती हो, मुझे इस बात का तनिक भी मलाल नहीं होगा।' प्रेम दरअसल कुमुद ने किया था और वही उसे छोड़ने को तैयार न थी। धीरे-धीरे राजेश भी उसमें अनुरक्त हुआ था। लेकिन अनुरक्ति प्रेम नहीं बन पाई थी। एक हलका-सा नशा था। सिगरेट पीने की आदत की तरह यह भी एक आदत थी। इसीलिए तो राजेश ने चिढ़कर कह दिया था : 'हठ तुमने की और दण्ड मैं भुगत रहा हूं।' प्रेम को हठ समझनेवाला व्यक्ति हठ कर सकता है, लेकिन फरहाद या मंसूर नहीं बन सकता।

अतएव मां के विरोध ने जब उग्र रूप धारण कर लिया, तो राजेश की हठ ने हिम्मत हार दी, और वह गुड्डू के लिए दूसरी

व्यवस्था करने की बात सोचने लगा।

कूमुद को नौकरी मिल गई थी और उसने स्कूल जाना शुरू कर दिया था। मां के आने के बाद भी राजेश उससे दो-तीन बार मिल चुका था और अपनी परेशानी बयान करके बड़े फख से कहा था : 'अगर अब झुक गया तो समझो हमेशा झुकना पड़ेगा। कुछ भी हो, मैं अपना निश्चय नहीं बदलूंगा। मां को यह आघात भी सहन करना पड़ेगा।'

अब वह उसके पास क्या मुंह लेकर जाता और कैसे कहता कि मां नहीं झुकी, झुकना मुझे पड़ा है और गुड्डू को तुम अपने पास रखो।

यह रास्ता उसने खुद ही बन्द कर लिया था। समस्या यह थी कि वह और कहां जाए? कौन-से दरवाज़े पर दस्तक दे? शाम तक कोई न कोई इन्तज़ाम करना बहुत ज़रूरी था। अगर जेब इजाज़त देती तो एक नहीं सौ इन्तज़ाम हो सकते थे।

'यह सब जेब ही का रोना है।'

'इसमें क्या शक है! जेब में गुंजाइश होती तो कुमुद और गुड्डू दोनों ही ठाठ से रहते।'

'गोया यह इश्क भी राजे-रईसों का खेल है।'

'और क्या, तुम जैसे टुटपूंजिये इश्क का रोग पालेंगे?'

'लेकिन मैं टुटपूंजिया भी रईसज़ादा बनने चला था।...'

वह किशनगंज के एक दोराहे पर खड़ा सोच रहा था। सहसा उसे त्यागी का ख्याल आया।

'हां, बैजनाथ त्यागी उसे रख सकता है।'

मन ने आश्वासन दिया।

त्यागी को जीवन प्रेस में नौकरी मिल गई थी। वह अपनी पत्नी को गांव से ले आया था और सब्ज़ीमंडी के आर्यपुरा में रहता था।

ब्याह हुए पांच-छ: साल गुज़र चुके थे, पर उनके घर में कोई सन्तान नहीं थी। त्यागी मस्त जीव था। उसे इस बात की कोई चिन्ता नहीं थी। लेकिन बीवी को यह अभाव अखरता था और शायद इसीलिए वह त्यागी से चिढ़ी रहती थी। जब घर बसाया था तो वह घर को बनाने की चिन्ता क्यों नहीं करता था ? इस बात को लेकर पति-पत्नी में कई बार चख-चख हो जाती थी।

राजेश ने सोचा कि गुड्डू को रख लेने से उनकी यह चख-चख भी खत्म हो जाएगी।

"सब्ज़ीमंडी ! घंटाघर !" टांगेवाले ने आवाज़ दी।

राजेश उचककर टांगे में जा बैठा। मंगलवार का दिन था और प्रेस में छुट्टी थी, इसलिए त्यागी के घर पर मिलने की सम्भावना थी। राजेश जब वहां पहुंचा, तो दोपहर के दो बजे थे। त्यागी अपने कमरे में बैठा 'प्राचीन भारत में गुलामी' नाम की पुस्तक पढ़ रहा था।

"सुनाओ मित्र, क्या हाल है ?" त्यागी ने उसका स्वागत किया।

"हाल बुरा है। मैं अपनी एक परेशानी लेकर तुम्हारे पास आया हूं।"

"मैं अगर तुम्हारी परेशानी दूर कर सका तो ज़रूर करूंगा।"

राजेश ने अपनी परेशानी कहकर गुड्डू के बारे में प्रस्ताव भी उसके सामने रख दिया।

"मझे बच्चे को लाने में कोई एतराज़ नहीं। लेकिन पहले चम्पा से पूछ लूं।" त्यागी ने कुछ क्षण सोचकर उत्तर दिया।

"चम्पा भाभी तो बल्कि खुश होंगी।" राजेश ने मुस्कराकर कहा।

"फिर भी पूछना तो ज़रूरी है।"

पड़ौस में देवकी नाम की एक औरत रहती थी। उसके साथ

दूर का कोई रिश्ता भी था। शायद वह चम्पा की बुआ के देवर की लड़की थी। इसलिए दोनों में जल्द ही मेलजोल बढ़ गया था। चम्पा काम से निपटकर उसीके पास जा बैठी थी। त्यागी के आवाज़ देने पर तुरन्त उठकर चली आई।

चम्पा त्यागी ही की तरह मंझोले कद और स्वस्थ शरीर की औरत थी। मुंह गोल, आंखें बड़ी-बड़ी और रंग पक्का था। उसने हरे रंग का जम्पर और सफेद सूती धोती पहन रखी थी। दोनों हाथों में चांदी के कड़े और कांच की चूड़ियां थीं।

"देखो, राजेश भैया आए हैं। इनके लिए चाय बनाओ और हम भी पिएंगे।" त्यागी ने मुस्कराकर पत्नी से कहा।

"चाय अभी रहने दो। पहले बात कर लें।" राजेश बोला और फिर चम्पा की ओर पलटकर कहा, "बैठो भाभी ! हम एक काम से आए हैं।"

चम्पा को विश्वास नहीं आया। उसने एक नज़र राजेश पर डाली और फिर पति की ओर देखने लगी।

"मज़ाक नहीं। तुमसे बात करनी है।" त्यागी ने कहा।

आंखें अब भी विस्मय से फैली हुई थीं, लेकिन वह बैठ गई।

चम्पा इस बार गांव से आने से पहले भी पति के साथ दिल्ली में रहती थी। कुमुद से वह कई बार मिल चुकी थी और सन्तोष के पास तो अक्सर आती-जाती थी। इसलिए शुरू से लेकर अब तक कोई भी बात उससे छिपी नहीं थी।

"गुड्डू को तुमने देखा है या नहीं ?" त्यागी ने बिना किसी भूमिका के कहा।

"नहीं।" पत्नी ने सिर हिलाया।

"लड़का अच्छा है। समझ लो, राजेश पर पड़ा है।"

"तुम्हें कहना क्या है ?" चम्पा ने घबराकर पूछा।

"कहना यह है," इस बार राजेश बोला, "कि तुम उसे अपने पास रख लो।"

"मैं रख लूं?" चम्पा को ऐसा लगा जैसे वह स्वप्न देख रही हो।

"हां, हां, वे यही कह रहे हैं कि तुम उसे रख लो।" त्यागी बोला।

बिल्ली के भागों छीका टूटा। चम्पा कितना चाहती थी कि अगर अपनी कोख हरी नहीं होती तो किसी दूसरे का बच्चा ही गोद ले ले! पर त्यागी इस ओर कोई ध्यान नहीं देता था। उसके मन में जैसे बच्चे की चाह हा नहीं थी। अब वह खुद कह रहा था और बच्चा बिना मांगे मिल रहा था। अपनी मनोकामना यों सहज में पूरी होते देखकर चम्पा का रोम-रोम खिल उठा। वह मुंह से तो कुछ नहीं बोली, लेकिन एक निरीह मुस्कराहट होंठों से कानों तक फैल गई।

"बड़ी भाग्यवान हो, इतना सुन्दर लड़का बैठे-बिठाए मिल गया!" देवकी ने चम्पा को बधाई देते हुए कहा।

"भगवान ने मेरी सुन ली। तुम्हें मालूम है, मेरी आत्मा कितनी भटकती थी!" चम्पा बोली।

देवकी ने बच्चे कोगोद में लेकर ध्यान से देखा और प्यार किया।

"क्या इसकी मां नहीं है?"

"क्यों नहीं, मां तो है।" चम्पा ने उत्तर दिया और आंखें मचकाकर आगे कहा, "अरी, उस कुंआरी मास्टरनी को नहीं देखा, जो इनके मित्र के साथ आया करती है?"

कुमुद राजेश के साथ दो-तीन बार इस घर में आ चुकी थी।

देवकी ने उसे देखा था और चम्पा से उनके परस्पर-सम्बन्ध की कहानी भी सुन रखी थी।

"हे राम, कैसी औरत है ! पहले जन लिया और अब बदनामी से डरती है।"

"ऐसी छिनाल बदनामी से नहीं डरतीं। इन्हें तो अपना आराम चाहिए। बच्चा पालें तो अयासी कैसे करें ?"

देवकी को यह बात जंच गई और वह अपनी लम्बी-पतली गर्दन हिलाते हए बोली, "यह ठीक है। इनकी अयासी में फर्क प्राता है।" वह तनिक रुकी और फिर चम्पा के मुख पर दृष्टि गड़ाकर पूछा, "कहीं ऐसा तो न होगा कि वह तुमसे फिर ले जाए ?"

"ऐसी क्या लूट पड़ी है ?" चम्पा तुनककर बोली, "जब मैं पालुंगी तो मैं रखूंगी।"

चम्पा का असीम उल्लास मन में किसी शंका को स्थान नहीं देता था।

देवकी यहां से लौटी तो उसे यों लगा जैसे उसके पेट में पानी भरा हो। उसे तब तक चैन नहीं पड़ा जब तक उसने गुड्डु की कहानी पार्वती को नहीं सुना दी। पार्वती ने बुढ़िया हेमोबाई को और हेमोबाई ने दस को सुनाई—यों बात फैलती रही और सुनने-सुनाने में उसका रूप और अर्थ भी बदलता रहा।

पहले इस बस्ती का नाम करीमपुरा था और यहां अधिकांश मुसलमान बसते थे। लेकिन बंटवारे के बाद जब वे चले गए तो उनके खाली मकानों में पंजाबी शरणार्थी और दूसरे लोग आ बसे। अब यह अलग-अलग आचार-विचार के, अलग-अलग भाषा बोलनेवालों की मिली-जुली आबादी थी और इसका नाम बदलकर आर्यपुरा रख दिया गया था।

स्त्रियां किसी भी देश-प्रदेश और जाति की हों, ममत्व उनका

सामान्य गुण है। चम्पा के घर बच्चा आया है, इस खबर में सबने रस लिया और सौ काम छोड़कर ठठ के ठठ उसे देखने आईं। देखकर बधाई दी और फिर आपस में बातें होने लगीं।

"कैसा गोल-मटोल और सुन्दर है !"

"वह कैसी मां है जिसने इसे दे दिया ?"

"मां कहां है, कुआंरपन में खसम कर रखा है !"

"कुंआरी हो या ब्याही, बच्चा तो जना है !"

"और जब बच्चा जना तो मां भी बन गई।"

"सब प्रेम का खेल है। तुम कोशिश करतीं तो तुम भी जन सकती थीं।"

"चल मोई, मैं क्यों जनती ? तुम्हारा जी चाहता होगा।"

"जी तो बहुत चाहता था, पर क्या करूं, मां-बाप ने ब्याह जल्दी कर दिया। मौका ही नहीं मिला।"

कैलाशो के इस जवाब पर सब औरतें खिलखिलाकर हंस पड़ीं और वह खुद भी हंस रही थी। कैलाशो मांसल देह और गोरे रंग की पंजाबी औरत थी। उसका पति मांझीराम ट्रक ड्राइवर था। कभी-कभी शराब पीकर उसे पीटता भी था। फिर भी कैलाशो उसे मन से चाहती, हर वक्त खुश रहती और हंसी-मज़ाक का कोई भी अवसर हाथ से जाने नहीं देती थी।

उस वक्त तो उनकी बातचीत कैलाशो के मज़ाक पर खत्म हो गई, लेकिन खुसर-फुसर उसके बाद भी जारी रही। आस-पड़ोस और मोहल्ले में अधिकांश औरतें ऐसी थीं जो धार्मिक अन्धविश्वास और सामाजिक रूढ़ियों में पली थीं। व्रत-कीर्तन, रीति-रिवाज और छोटी-छोटी मान्यताएं उनके जीवन का आधार थीं। इसलिए उनके मन में गुड्डू के प्रति अवज्ञा-भाव उत्पन्न होना स्वाभाविक था। इस भाव को बूढ़ी हेमोबाई ने यों व्यक्त किया, "ऐसे हरामी बच्चे किसीको

सुख नहीं देते।"

चम्पा ने सब कुछ देखा और सुना। उसे इन बातों की कोई परवाह नहीं थी। वह गुड्डू को पाकर खुश थी और उसे नहलाने-खिलाने में मस्त रहती थी।

पर कुछ दिन बाद एक ऐसी घटना घटित हुई, जिसके कारण चम्पा के पांव तले से ज़मीन खिसक गई।

त्यागी घर पर था। चम्पा गुड्डू को उसे सौंपकर चक्की पर आटा पिसवाने गई थी। महीने का शुरू था। सभी लोग इन्हीं तारीखों में आटा पिसवाते थे। इसलिए चक्की पर काफी भीड़-भाड़ थी। चम्पा का नम्बर पीछे था और वह खड़ी अपनी बारी का इन्तज़ार कर रही थी।

"नी, तू यहां खड़ी है और तेरे घर पुलिस आई है।" कैलाशो ने उसका कन्धा हिलाकर कहा।

"पुलिस !" वह चौंकी।

"हां, पुलिस आई है। सैत उन्हें बच्चे के बारे में पता चल गया है।"

चम्पा घबराई। उसके हाथ-पैर फूल गए। चक्की से घर तक का फासला मुश्किल से एक फर्लांग होगा। इतने ही में उसकी सांस उखड़ गई।

घर पहुंची तो पुलिस दिखाई नहीं दी। त्यागी गुड्डू को गोद में लिए इत्मीनान से अखबार पढ़ रहा था।

"इधर आओ, तुम्हें एक तस्वीर दिखाऊं।" उसने पत्नी से कहा।

"क्या, तस्वीर ?" वह अनमनी-सी बोली।

"कल अनन्त चौदस थीन। यह देखो, महाराष्ट्र की औरतें गणेश की आरती उतार रही हैं।"

अनन्त चौदस गणेश का जन्मदिन है। शिवजी का यह अजीबो-गरीब बेटा, जिसका सिर हाथी का और वाहन चूहे का है, ज्ञान और बुद्धि का देवता माना जाता है। पौराणिक कथा के अनुसार एक बार उसने अपने बुद्धिबल से ही पृथ्वी की परिक्रमा सबसे पहले करके देवताओं में सर्वश्रेष्ठ स्थान प्राप्त किया था। यों तो गणेश सारे भारतवर्ष का 'सुखकर्ता और दुखहरता' देवता है, लेकिन महाराष्ट्र में उसकी विशेष रूप से पूजा होती है। दस दिन तक त्योहार मनाया जाता है। बच्चे गणेश से विद्या का वरदान मांगते हैं और विवाहिता स्त्रियां सन्तान का। इस सारे विवरण के साथ अखबार में एक तस्वीर भी थी जिसमें दो आधुनिक महिलाएं गणेश की आरती उतार रही थीं।

त्यागी प्रायः कोई तस्वीर दिखाकर या खबर सुनाकर अपनी अपढ़ स्त्री की जानकारी बढ़ाया करता था। इसी कारण चम्पा भी अखबार में दिलचस्पी लेने लगी थी और थोड़ा-बहुत कभी-कभी खुद भी पढ़ती थी। पर इस समय उसका ध्यान अखबार की ओर बिलकुल नहीं था। वह पुलिस की बात सोच रही थी।

"तुम इतनी बदहवास क्यों हो ?" त्यागी ने अखबार से नज़रें उठाकर पूछा।

चम्पा कुछ नहीं बोली। हैरान और परेशान इधर-उधर ताकती रही।

"कारण क्या है ? पैसे खो गए, या चक्की पर कुछ झगड़ा हुआ है ?"

"पुलिस !" उसने कांपते स्वर में कहा।

त्यागी एक मिनट पत्नी की ओर देखता रहा और फिर स्थिति समझकर बोला, "तुम्हें पुलिस का क्या डर है ? पुलिस के सिपाही तो आगे गए हैं।"

"गुड्डु, के बारे में तो कुछ नहीं पूछा ?"

"पूछते क्या, हमने कोई चोरी की है ? किसीका उठाकर लाए हैं ?"

कोई साल-भर पहले एक घटना घटी थी। दरीबाकलां की एक सन्तानहीन प्रौढ़ महिला इरविन अस्पताल के ज़च्चाघर से एक नवजात बालक उठा लाई थी और पड़ोस में झूठ-मूठ कह दिया था कि उसने बच्चा गोद लिया है। इसपर बड़ा हंगामा हुआ था। आखिर पुलिस को बच्चे की खोज मिल गई। प्रौढ़ महिला और उसके पति को गिरफ्तार करके जेल भेज दिया गया था और मुकदमा चला था।

यह घटना और बच्चा-ज़च्चा की तस्वीर अखबार में छपी थी। त्यागी ने पत्नी को तस्वीर दिखाकर बच्चे के अस्पताल से गायब होने

और दोबारा मिलने तक की खबर भी सुनाई थी। चम्पा की स्मृति में अब वही खबर रेंग रही थी और वह अपनी और पति की गिरफ्तारी के भय से लरज़ गई थी।

जब अच्छी तरह तसल्ली हो गई कि पुलिस के सिपाहियों ने उसके घर में झांका तक नहीं, वे तो आगे गए हैं और किसी दूसरे मामले की जांच करने आए हैं, तब उसकी जान में जान आई।

"देखो बहन ! मैंने तुमसे पहले भी कहा था कि वह जब भी चाहे अपना बच्चा मांग सकती है।" देवकी ने उसे समझाते हुए कहा, "अगर तुम नहीं दोगी तो वह पुलिस बुलाएगी और तुम दोनों कचहरी चढ़ोगे। व्यर्थ का फजीहता होगा।"

चम्पा जब गुड्डू को गोद में लेकर प्यार करती तो उसे लगता जैसे उसकी छातियों से दूध की धाराएं फूट निकली हैं। वह अपने भीतर एक असीम आनन्द और अद्भुत सुख महसूस करती और लोरी

के मधुर बोल उसके होंठों पर नाच उठते। वह उन्मत्त-सी अपना स्तन बच्चे के कोमल होंठों से सटाकर कहती, "पी बेटा, पी !"

मगर अब पुलिस के भय ने उसके मधुर स्वप्न में कड़वाहट घोल दी। उसे देवकी की यह बात जंच गई कि कुमुद किसी भी समय अपने बच्चे को वापस मांग सकती है।

"तो बताओ मैं क्या करूं?" उसने पूछा।

"तुम उससे लिखवा लो कि बच्चा मैंने अपनी खुशी से दिया है और इसपर अब मेरा कोई अधिकार नहीं है।"

"अच्छा, वे दफ्तर से लौट आएं तो मैं आज ही लिखवाने को कहूंगी।"

त्यागी के सामने बात आई तो वह असमंजस में पड़ गया। उसके अपने मस्तिष्क में यह बात स्पष्ट नहीं थी कि बच्चा उन्हें कुछ दिन के लिए रखना है या हमेशा के लिए मिल गया है। वह यह प्रश्न उठाना भी नहीं चाहता था। पर अब विचार किया तो पत्नी का सुझाव उचित ही जान पड़ा।

"ठीक है, मैं बात करूंगा।" उसने पत्नी को आश्वासन दिया।

"फिर कब करोगे ? अभी क्यों नहीं चले जाते ?"

"इतनी क्या जल्दी है ? इस वक्त तो राजेश ड्यूटी पर होगा।"

"स्टेशन कौन दूर है ! चले जाओ। वहां बात करने में सुविधा भी रहेगी।"

सुविधा की बात त्यागी की समझ में आ गई और वह राजेश के पास स्टेशन पर पहुंचा। राजेश ड्यूटी-रूम में बैठा टिकटें 'सार्ट' कर रहा था। उसे देखते ही बोला :

"ओ हो, त्यागी ! इस वक्त कैसे पाए ?"

"अजीब दुबिधा में हूं !"

"क्यों, क्यों, दुबिधा कैसी ?" राजेश ने हाथ का काम छोडकर विस्मय से उसकी ओर देखा।

त्यागी ने चम्पा के पुलिस से घबराने और दस्तावेज़ लिखवाने के लिए आग्रह की बात कह सुनाई।

राजेश के होंठ भिंच गए और चेहरा गम्भीर पड़ गया। उसने एक नज़र त्यागी की ओर देखा और फिर ठुड्डी पर हाथ रखकर सोचने लगा।

बच्चा उसने त्यागी को अपनी मर्ज़ी से दिया था। इस सिलसिले में कुमुद से कोई सलाह नहीं ली थी। दो-तीन दिन बाद जब भेंट हुई तो सिर्फ सूचना के तौर पर बता दिया था। जाने क्यों, सुनते ही कुमुद का चेहरा उतर गया था।

'अच्छा, तुम नहीं रख सके तो त्यागी रख ले।'

उसने उदासीन भाव से राजेश की ओर देखकर कहा था।

राजेश को जब भी उसकी यह आकृति स्मरण हो आती, तो यों लगता जैसे वह उसे समाज-भीरुता के लिए लांछित कर रही हो।

अब भी उसके मस्तिष्क में कुमुद की यही आकृति उभर आई।

"देखो मित्र !" उसने त्यागी से कहा, "मैं इस मामले में बिलकुल हार चुका हूं। मेरी हालत वही है कि सांप के मुंह में छछूंदर, खाए तो कोढ़ी और छोड़े तो कलंकी। मैं अपनी तरफ से तुम्हें नो भी चाहो लिखकर दे सकता हूं।" एक क्षण मौन का बीता और राजेश त्यागी की ओर देखकर फिर बोला, "लेकिन तुम जानते हो कि वह मेरा औरस पुत्र ज़रूर है, पर समाज मुझे उसका पिता स्वीकार नहीं करता और कानून उसपर मेरा कोई अधिकार नहीं मानता। इसलिए बच्चा रखने का कानूनी अधिकार तुम्हें सिर्फ कुमुद ही दे सकती है।"

"मैं भी यही चाहता हूं कि हम कुमुद से बात कर लें ; और मेरा ख्याल है कि वह मान जाएगी।"

"वह मान जाए तो ठीक है।"

लेकिन जब कुमुद के सामने यह सुझाव रखा गया तो वह एकदम भड़क उठी और आपे से बाहर होकर बोली : "यह तो छल है। इसका मतलब है कि तुम मेरा बच्चा मुझसे छीनना चाहते हो।"

"इसमें छल की कोई बात नहीं और हमारा इरादा तुमसे बच्चा छीनने का भी नहीं है। तुम ठंडे मन से विचार कर लो। लिखकर न देना चाहो तो बच्चा हमसे ले लो और अपने पास रखो।" त्यागी ने शान्त मन से कहा।

"हां, मेरा गुड्डू मुझे दे दो। जैसे भी होगा, मैं उसे अपने पास रखूंगी।" कुमुद की ममता चीख उठी।

"हट' ! निकल यहां से।"

कुमुद हड़बड़ाकर उठी और उसने बिल्ली को दुतकारा।

बिल्ली की पूंछ लम्बी, जिस्म पतला और उसके काले रंग में कहीं-कहीं सफेद धारियां थीं। वह हमेशा अड़ोस-पड़ोस में घूमती और मौका देखकर दांव लगाती थी। इस समय कुमुद गुडडू के साथ लेटी हुई थी और शायद उसकी आंख लग गई थी। बिल्ली चुपके से कमरे में घुस आई और उसने दूध की पतीली का ढक्कन पंजों से गिरा लिया। अगर कुमुद खटका सुनकर उठ न बैठती तो वह सारा दूध चट कर जाती।

बिल्ली कुमुद से और उसकी घुड़कियों से भली भांति परिचित थी, इसलिए वह भागी नहीं, बल्कि खड़ी अपनी भूरी आंखों से यों घूरती रही जैसे सौत की तरह लड़ने पर आमादा हो।

"जाती है कि नहीं !" कुमुद ने मारने को चप्पल उठाई।

निहत्थी बिल्ली ने लड़ने का खयाल छोड़ दिया और वह कमरे से बाहर निकल गई।

"चोर कहीं की !" कुमुद ने गाली दी और चप्पल नीचे पटककर फिर लेट गई। सहसा उसकी दृष्टि दाईं ओर के कोने में लगे मकड़ी के जाले में जा उलझी। इस जाले को उसने पहले भी कई बार देखा था, लेकिन शरीर में कुछ ऐसी शिथिलता और निष्क्रियता भर गई थी कि उतारने का इरादा करके भी उतार नहीं पाई थी; और अब तो उतारने का विचार भी मन में नहीं आया।

कुछ दिनों से उसका मन अस्वस्थ था और शरीर भी अस्वस्थ था। रोग कोई खास नहीं था। तन-मन-प्राण में अवसाद...

गहरा अवसाद भरा था। तबियत अलसाई रहती, जिस्म टूटता और दिमाग में चींटियां-सी रेंगतीं। वह बहुतेरा सोचती और अपने-आपको समझने-सुलझाने का प्रयत्न करती, पर उलटा और उलझ जाती।

अब उसने जाले से दृष्टि हटाकर अपने साथ लेटे हुए गुड्डू की ओर देखा। वह गहरी नींद सो रहा था। बिल्ली को घुड़कने से भी उसकी आंख नहीं खुली। कुमुद ने करवट बदलकर बच्चे को सिर से पांव तक देखा, उसके शरीर पर हाथ फेरा और धीरे से कहा, "मेरा लाल!" इस समय उसके मन में जो विचार उठ रहा था, अगर उसे पूरा व्यक्त किया जाता तो उसका शाब्दिक अर्थ यह था—'यह मुई शेर की मौसी अगर दूध पी जाती तो मेरा लाल भूखा रहता!' कारण यह कि 'मेरा लाल' शब्द कहते ही उसके मस्तिष्क में बिल्ली की वह आकृति उभर आई जिसमें वह अपनी भूरी आंखों से उसकी ओर देखकर धूर रही थी। कुमुद ने विचार ही में फिर चप्पल उठाई और बिल्ली की आकृति को डांटकर कहा—'एक चोर और दूसरे चतुराई!'

यह पहला ही मौका नहीं था, पूसी दो-तीन बार दूध चट कर गई थी और कुमुद को काफी परेशानी उठानी पड़ी थी। वह सुबहशाम घूसी से दूध ले रखती थी, आसपास हलवाई की कोई दुकान नहीं थी जहां से वह ज़रूरत पड़ने पर खरीद लाती।

अब कितनी ही देर तक 'दूध और बिल्ली' उसके चिन्तन का विषय बना रहा। वह अपने-आपमें जाने क्या कुछ सोचती, गुणत और क्या-क्या प्राकृतियां बनाती और बिगाड़ती रही। आखिर उसने फिर करवट बदली, एक निःश्वास छोड़ी और बाहर की ओर झांकते हुए बड़बड़ाई :

"मैं भी तो चोर हूं। मैंने भी तो दूसरे के अधिकार पर छापा मारा है!"

बिल्ली के साथ अपनी इस निकृष्ट तुलना से उसका मन ग्लानि से भर गया।

इस ग्लानि से उभरने के लिए उसने जीवन की सुखद और सुन्दर स्मृतियों का सहारा लिया। उसे वे दिन याद आए जब वह पहले-पहल राजेश की ओर आकर्षित हुई थी, जब उसने प्रेम की पेंगें बढ़ाना शुरू किया था और जब उसका समर्पण स्वीकार हुआ था। वह कितनी प्रसन्न थी मानो शरीर में पंख लग आए हों! कभी वह लहरों पर तैरती और कभी नीले विस्तृत आकाश में उड़ती। गुड्डू उत्पन्न होने तक की उसे सारी घटनाएं एक-एक करके याद आती रहीं और वह अब भी अपने-आपको आकाश पर उड़ती हुई महसूस करती रही। ...आखिर 'आखिर वह इस कमरे में आकर रहने लगी और फिर उस दिन राजेश ने विक्षुब्ध स्वर में कहा—'हमने तो ज़िन्दगी की नई डगर अपनाई थी। लेकिन तुमने या मैंने कभी यह भी सोचा था कि इस डगर की मंज़िल यह कमरा और यह माहौल होगा!'

कल्पना के पंख झड़ गए, वह आकाश से पृथ्वी पर आ गिरी और एक गहरे गर्त में धंस गई—धंसती चली गई। नाक में भयंकर दुर्गन्ध भर गई जिसे वह 'सूं-सूं' करके बाहर निकालने का प्रयत्न करने लगी।

गुड्डू को दोबारा उसके पास आए लगभग एक महीना हो चुका था। शुरू में वह गुड्डू को धनदेई के पास छोड़कर स्कूल चली जाती। सारे मोहल्ले में सिर्फ वही एक ऐसी स्त्री थी, जिससे उसकी जान-पहचान थी, लेकिन इस जान-पहचान में किसी प्रकार की आत्मीयता नहीं थी। अब गुड्डू के कारण सम्पर्क बढ़ता गया और बातचीत भी होने लगी। धनदेई ने एक दिन योंही ललिता श्रीवास्तव को याद करके पूछा :

'अब तुम्हारी वह सहेली कहीं दिखाई नहीं देती।'

'कौन सहेली ?' कुमुद अनमनी-सी बोली।

'वही गोरी-गोरी, लम्बी-लम्बी जो तुम्हारे साथ रहा करती थी।'

'अच्छा, अच्छा, मैं समझ गई। वह अपने पति के पास कानपुर चली गई है।

'और तुमने भी ब्याह कर लिया।'

'ब्याह !' कुमुद यों चौंकी जैसे उसपर कोई आरोप लगाया गया हो और वह सिर हिलाकर बोली, 'नहीं, मैंने तो ब्याह नहीं किया।'

'ब्याह नहीं किया ?' धनदेई आंखें तरेरकर उसकी ओर देखती रह गई।

'हां, मैंने ब्याह नहीं किया।' कुमुद ने उसकी ओर देखते हुए दृढ़ स्वर में उत्तर दिया।

'यह बच्चा...?"

'यह बच्चा मेरा है और मैंने उसे बिना ब्याह के जन्म दिया है।'

कुमुद के ये शब्द कमरे में ध्वनित-प्रतिध्वनित हो उठे।

धनदेई को फिर कुछ कहने-सुनने का साहस नहीं हुआ। वह कुछ क्षण मौन खड़ी कुमुद की ओर देखती रही और फिर अपने घर चली गई।

परिणाम यह निकला कि कुमुद जब दूसरे दिन स्कूल जाते समय बच्चा उसे देने गई तो धनदेई ने उसे लेने से इनकार करते हए कहा, मेरे 'वह' नाराज़ होते हैं।'

कुमुद स्कूल नहीं गई। वह गुड्डू को गोद में लिए कमरे में लौट आई। वह तनिक भी निराश या हताश नहीं थी, बल्कि उसके गंभीर मुख पर शहादत का भाव अंकित था। जैसे वह धनदेई का इन्कार सनने के लिए पहले से तैयार हो।

कारण यह कि उसका सारा स्नेह और अनुराग बच्चे में केन्द्रित था। वह गुडडू को तन-मन-प्राण की समस्त शक्ति से प्रेम करती थी। उसने निश्चय किया था कि अगर बच्चे को जन्म दूंगी तो चाहे कुछ भी हो, उसे अपने पास रखूंगी। इसीलिए वह मां के साथ जाना नहीं चाहती थी। गई तो लड़कर लौट आई। उसने साफ कह दिया—'मां, बच्चा मेरा है। मैंने उसे जन्म दिया है और मैं उसे अपने से अलग नहीं कर सकती। मैं समाज-बिरादरी किसीसे नहीं डरती। अगर तुम बच्चे-समेत मुझे स्वीकार नहीं कर सकतीं, तो मैं भी तुम्हारी कुछ नहीं। समझ लो कि आज से मैं मर गई।'

लौटकर आई तब भी बच्चे को अपने पास नहीं रख सकी। परिस्थितिवश उसे अपने से अलग करना पड़ा। वह विक्षुब्ध हो उठी। उसकी आत्मा सटपटाती और मन में विद्रोह की भावना पनपती रही। फिर जिस ढंग से गुड्डू राजेश और त्यागी के घर होता हुआ उसके पास वापस आया तो विद्रोह और क्षोभ की इस भावना ने और भी उग्र रूप धारण कर लिया। और वह चीख उठी—मेरे बच्चे को ऐसा क्या पातक लगा है कि उससे सब घृणा करते हैं !'

धनदेई ने योंही सहज स्वभाव से ब्याह की बात कही तो कुमुद का यह अहं फुफकार उठा। धनदेई उसे बूढ़े और विरूप समाज का प्रतीक जान पड़ी और वह उससे लड़ने को आमादा हो गई।

विद्रोह का परिणाम चाहे कुछ भी हो, पछताना कैसा !

कुमुद का स्कूल जाना छूट गया। जाए तो पीछे गुड्डू को किसके पास छोड़े ? रिखीराम की पत्नी गो अपने चार बच्चों के साथ हर वक्त घर में रहती थी, पर कुमुद उसके नाम तक से वाकिफ नहीं थी। आते-जाते जब भी उसपर नज़र पड़ी तो बस एक ही रूप दिखाई दिया—थुलथुल देह, छातियां ढलकी हुई और सिर के बाल बिखरे हुए, जैसे उसे तेल डालने और कंघी करने की भी फुरसत न हो।

वह भला गुड्डू को क्या संभालती ? दरअसल कुमुद अब किसीसे कहना ही नहीं चाहती थी। वह धनदेई के इनकार से इतना चिढ़ गई थी कि सभीके बारे में सोच डाला था—'ऊंह, ये लोग भी समाज को मानते हैं !'

उसने महीना डेढ़ महीना काम किया था, जिसकी तनखाह उसे मिल गई थी। अब समस्या यह थी कि आगे काम कैसे चलेगा। राजेश ने एक बार दस-दस के दो नोट, जो वह एक दैनिक अखबार के दफ्तर से लाया था, देने चाहे थे, पर कुमुद ने चिढ़कर कहा था :

'ले ओनो। मैं कोई वेश्या नहीं हूं।'

'क्या मतलब ?' राजेश भी कठोर हो उठा।

कुमुद के मुंह पर विद्रोह का वही उग्र रूप अंकित था, जिसे धनदेई ने कुछ दिन पहले देखा था।

'मतलब यह,' उसने एक-एक शब्द पर ज़ोर देकर धीरे-धीरे कहना शुरू किया, 'कि मैंने तुम्हारे साथ जिस्म का सौदा नहीं किया था। शरीर देकर पुरुष की कमाई पर ही पलना हो तो ब्याह कर लेने में भी क्या बुराई थी !'

कई क्षण मौन के बीते। राजेश ऊपर छत की ओर ताकता रहा। जाने क्यों गुड्डू के मुंह से शहद का निपल सहसा निकल गया और वह हाथ-पांव पटककर यों चिल्लाने लगा जैसे उसे चींटी ने काट खाया हो, या फिर मां के इन शब्दों का प्रतिवाद कर रहा हो। कुमुद ने उसे पुचकारा-दुलारा और निपल फिर उसके मुंह में दे दिया। राजेश ने भी एक नज़र बच्चे की ओर देखा। वह चित लेटा निपल चूस रहा था। 'चूसने से शहद मुंह में नहीं आता, मगर बच्चा बहल जाता है।' वह दार्शनिक ढंग से सोचता और बच्चे की ओर देखता रहा।

कुमुद ने बिस्तर पर रखे हुए नोट उठाकर नीचे फेंक दिए।

राजेश से यह सहन न हो सका। वह आंखें लाल करके कड़े

स्वर में बोला, 'कुमुद, हमारे-तुम्हारे सम्बन्ध अब गल-सड़ गए हैं। उनमें अब कोई सार-तत्त्व नहीं रह गया।'

'सार-तत्त्व था ही कब ? तुमने तो मुझे हमेशा ब्याह कर लेने का मशविरा दिया था।'

राजेश कुछ नहीं बोला। निचला होंठ दांतों में दबाए उसकी ओर देखता रहा।

'मशविरा नेक था। मैं मान लेती तो तुम्हें सुख मिलता।' कुमुद ने फिर कहा।

'सुख सिर्फ मुझे ही नहीं, तुम्हें भी मिलता।' राजेश ने उत्तर दिया, 'और अब भी कुछ नहीं बिगड़ा। ऐसे पुरुष मिल जाएंगे जो तुम्हें इस रूप में भी स्वीकार कर लें।'

'राजेश...!' कुमुद चिल्लाई।

'मैं ठीक कह रहा हूं।' राजेश ने बात जारी रखी, 'हां, अगर तुम बच्चे को पास न रख सको, शर्म आती हो, तो...'

इस बार राजेश आप ही रुक गया। आगे कुछ नहीं कहा। कहते नहीं बन पड़ा।

कुमुद सामने संज्ञाविहीन-सी यों बैठी थी जैसे उसमें कहने-सुनने और हिलने-डुलने की रंच-मात्र भी शक्ति न हो।

चाय स्टोव पर रखे-रखे निकोटीन बन गई थी। उस ओर किसीका ध्यान भी नहीं था।

राजेश ने नोट उठाकर जेब में रखे और उठकर चल पड़ा। कुमुद ने उधर देखा तक नहीं, बल्कि मुंह दूसरी ओर घुमा लिया।

इस घटना को चार दिन बीत चुके थे। राजेश फिर इधर नहीं आया। मां से पहले ही सम्बन्ध-विच्छेद हो चुका था। बेटी को वह बेशक बहुत चाहती थी, लेकिन अब दिल पर पत्थर रख लिया था। भाई ने कुमुद में पहले ही किसी तरह की दिलचस्पी लेना बन्द कर

दिया था। जब बहन को उसकी, मां की और समाज की कोई परवाह नहीं तो वही क्यों व्यर्थ की चिन्ता करके दुबला होता रहे ! वह अपने मुकदमों में व्यस्त रहता था, बहन के बारे में सोचने की फुरसत ही नहीं थी।

कुमुद ने भी भाई और मां के बारे में सोचना छोड़ दिया था। उसने यह सम्बन्ध खुद झटक दिए थे और वह अपने भीतर शहादत का बल महसूस करती थी। लेकिन ...लेकिन राजेश से सम्बन्ध-विच्छेद की तो उसने कल्पना तक नहीं की थी ; और सब सम्बन्ध त्यागकर उसने यह सम्बन्ध खुद बनाया था और बड़े गर्व से कहा था : 'तुम करो न करो, लेकिन मैं तुमसे प्रेम करूंगी।' आज उसे अपनी यह धारणा मिथ्या जान पड़ी और वह लेटे-लेटे सोच रही थी : 'क्या राजेश अब नहीं आएगा? क्या हमारे सम्बन्ध वाकई गल-सड़ गए हैं ?'

उसे फिर आत्मग्लानि और तीव्र दुर्गन्ध अनुभव हुई और वह फिर 'सूं-सूं' करके सांस बाहर छोड़ने लगी।

गुड्डू जाग उठा। उसने हाथ पटककर और 'रूं-रूं' करके भूख का प्रदर्शन किया। कुमुद ने बोतल में दूध भरकर उसे पिलाया। जब वह पी चुका तो तृप्त दृष्टि से मुटर-मुटर मां की ओर देखने लगा। कुमुद ने उसे दुलारते हुए कोमल स्वर में कहा, "बेटा, तेरा-मेरा सम्बन्ध ! तू इस सम्बन्ध को जानता है न ? हां, हां, नहीं जानता और जब जानेगा तो शायद यह भी ...यह भी..."

वाक्य पूरा करने और आगे की बात सोचने की कुमुद में हिम्मत नहीं थी। वह बच्चे को छाती से लगाकर फिर लेट गई। गुड्डू उसे अपने ऊपर पड़ा मांस-पिंड-सा महसूस हो रहा था। वह इस एहसास को भी मिटा देना चाहती थी, क्योंकि एहसास से सोच पैदा होती है और अब

कुछ भी सोचते उसे डर लगता था। आगे-पीछे वीरान ही वीरान था !

"ठप ! ठप !" सीढ़ियों पर चाप सुनाई दी। चाप परिचित थी, पर राजेश की नहीं थी।

'तब कौन हो सकता है ?' उसने सोचा और सिर उठाकर देखा।

सामने धनदेई खड़ी थी।

"तुम्हें बहुत दिनों से देखा नहीं था, इसलिए चली आई।"

"बैठ जाओ।" कुमुद बोली और वह उसकी चारपाई के निकट फर्श पर बैठ गई।

"क्या बीमार हो ?" धनदेई ने उसकी देह छूकर हमदर्दी से पूछा।

"नहीं, वैसे ही तबियत ख़राब है।" कुमुद ने उत्तर दिया।

धनदेई कुछ क्षण उसके मुंह की ओर देखती रही और फिर बोली, "रंग कितना फीका पड़ गया है ! कोई भीतर का रोग न हो। चलो, तुम्हें अस्पताल दिखा लाऊं।"

"अस्पताल ?" कुमुद विद्रूप भाव से मुस्कराई।

"हां, अस्पताल।यहां नज़दीक ही है।" धनदेई ने सहज भाव से कहा।

"मौसी ! मुझे बाहर-भीतर का न कोई रोग है और न मुझे अस्पताल जाना है।" कुमुद ने और सब सम्बन्ध तोड़कर अनायास यह एक नया सम्बन्ध जोड़ा और आंखों में असीम याचना भरकर कहा, "तुम मेरा एक काम कर दो।"

"बताओ। मेरे बस का हुआ तो मैं ज़रूर करूंगी।"

"तुम्हारे बस का है।" कुमुद उठकर बैठ गई और कलाई पर बंधी घड़ी पर नज़र डालकर बोली, "अब तीन बजे हैं, तुम घंटे डेढ़ घंटे में आना। तक मैं काम तुम्हें बता दूंगी।"

धनदेई लौट गई और कुमुद ने कागज़-कलम लेकर खत लिखना शुरू किया।

सम्बन्ध जो एक बार बन जाते हैं फिर वे सहज में नहीं टूटते—विशेषकर प्रेम-सम्बन्ध। पेड़ की जड़ के सदृश उनके सूत्र भीतर ही भीतर दूर तक गहरे पैठ जाते हैं। मनुष्य अगर उन्हें निकाल फेंकना चाहे तो भी नहीं निकाल सकता। राजेश झुंझला-खीझकर चाहे कुछ भी कह देता था, पर कुमुद से दो दिन न मिले तो बेचैन हो उठता था। उसके बिना जीवन सूना-सूना जान पड़ता था। फिर कुमुद को मां बनने की प्रेरणा उसीने दी थी। बच्चा जब गर्भ में था, तभी उसका नाम 'गुड्डू' रख दिया था। उसका खयाल था कि प्रेम की सन्तान अधिक सुन्दर और समझदार होती है। उसमें स्त्री-पुरुष का सर्वोत्तम अंश निहित रहता है। यही कारण था कि वह गुड्डू को टैनी-मैनी से अधिक प्यार करता था। उसने कुमुद के स्वर में स्वर मिलाकर प्रतिज्ञा की थी कि चाहे कुछ भी हो, वे उसे पालें-पोसेंगे ; अपने सामर्थ्य-भर आराम से रखेंगे और अच्छी से अच्छी शिक्षा दिलाएंगे। ये सारे दावे कुमुद से बढ़कर उसने किए थे। इसीलिए बच्चे को गन्दे माहौल में देखकर उसकी आत्मा चीत्कार कर उठी थी। मां से हार जाने के बाद उसने उदासीनता का जो भाव धारण किया था, वह महज़ ऊपरी खोल था ; मन में राजेश कुंठित और व्यथित रहता था और अक्सर परिस्थिति सुधारने के उपाय सोचा करता था। जब कुछ कर नहीं पाता था तो उसे अपनी विवशता और तुच्छता बहुत अखरती थी।

कुमुद के उस दिन के व्यवहार से उदासीनता का खोल और कड़ा हो गया। राजेश ने ऐसा भाव धारण किया जैसे कुमुद और गुड्डू के बारे में सब कुछ भुला दिया हो, वह ड्यूटी से निपटकर सीधा

घर लौट आता और टैनी-मैनी से खेलकर जी बहलाता। उनकी कोई हरकत पसन्द न आती तो झिड़कने-फटकारने के बजाय प्यार से कहत—'बेटे, अच्छे लड़के ऐसा नहीं किया करते।' इस घटना के तीसरे दिन उसकी साप्ताहिक छुट्टी थी। राजेश ने सुबह का नाश्ता किया और बच्चों को कमरे से बाहर निकालकर खुद कहानी लिखने बैठ गया।

कहानी का मवाद उसके मस्तिष्क में पांच-छः महीने से था। पहले भी दो-तीन बार प्रयास किया, पर वह उसे लिख नहीं पाया था। लेकिन आज उसने कहानी लिख डालने का निश्चय कर लिया था इसलिए बैठते ही दो-ढाई पृष्ठ बड़ी तेज़ी से लिख डाले। उसके बाद कलम एकाएक रुक गई। फिर बहुतेरी कोशिश की, आगे एक वाक्य भी लिखते न बन पड़ा। जो लिखा था उसे पलट-पलटकर पढ़ा। लेकिन मूड बनने के बजाय यह दो-ढाई पृष्ठ भी असंगत और निरर्थक महसूस होने लगे।

उसने चिढ़कर कागज़ फाड़ डाले, पुर्ज़ा-पुर्ज़ा करके चिलमची में फेंक दिए और नये सिरे से सोचने लगा। पर मस्तिष्क कहानी के बारे में कुछ भी सोचने को तैयार नहीं था। धीरे-धीरे स्मृति-पट पर एक चित्र उभर आया, जिसे पहचानकर राजेश चौंक उठा।

चित्र उस भिखारी का था, जिसने कुछ धन मिल जाने पर सुखी और सन्तुष्ट जीवन बिताने की कामना की थी। जब धन की देवी—लक्ष्मी सचमुच उसकी कामना पूरी करने आई तो वह अपनी तुच्छता से ऊपर न उठ सका। झोली भर जाने पर भी 'और, और' की मांग जारी रही। नतीजा यह हुआ कि लक्ष्मी के एक मुट्ठी और डाल देने पर झोली फट गई और मोहरों के साथ उसकी अभिलाषाएं भी धूल में मिल गई। अब वह पहले से भी अधिक दरिद्र था। उसे स्वप्न देखने और अभिलाषा करने का भी अधिकार प्राप्त न था।

भिखारी का उसकी कहानी से कुछ भी सम्बन्ध नहीं था। फिर यह चित्र क्यों उभरा ?

राजेश ने महसूस किया कि वह खुद ही झोलीवाला भिखारी है। वह भी उसीकी तरह दरिद्र और विपन्न है और उसे भी स्वप्न देखने और अभिलाषा करने का अधिकार प्राप्त नहीं है। उसके सारे स्वप्न और सारी अभिलाषाएं धूल में मिल चुकी हैं।

वह उठा और बिना कपड़े बदले और बिना शेव किए, चप्पल पहनकर चल पड़ा।

"कब तक लौटोगे ?"

"पता नहीं।"

"खाना बना रखूं ?"

"ज़रूरत नहीं।"

सन्तोष ने पलकें उठाकर एक नज़र पति पर डाली। राजेश चाहे प्रसन्न रहने का प्रयत्न करता था, पर उसका आन्तरिक क्षोभ किसी न किसी तरह प्रकट हो जाता था और अब तो वह उसके मुख पर स्पष्टतः अंकित था।

"पैसे तो लेते जाओ।"

"हां, दे दो।"

सन्तोष ने उसे दो रुपये दिए और राजेश उन्हें जेब में रखकर दरवाज़े से बाहर निकल गया। पत्नी निश्चल खड़ी उसकी पोर देखती रही।

राजेश ने चौक में पहुंचकर पनवाड़ी से सिगरेट खरीदे और पान खाया। सामने दुकान में जो आईना लगा था, वह मनुष्य के चेहरे को फैला देता था। राजेश उसमें अपना फैला हुआ रूप कई बार देख चुका था। पर अब उसे अपना चेहरा बहुत ही अजीब-सा लगा और उसने मुस्कराकर पनवाड़ी से कहा, "तुम्हारा यह शीशा भी एक ही

दिल्लगीबाज़ है जो टुटपुंजियों की पर्सनलिटी बना देता है !"

पनवाड़ी उसकी बात बिना समझे ही व्यावहारिक ढंग से मुस्कराया और एक दूसरे गाहक के लिए पान बनाने लगा।

राजेश वहां से दो-चार कदम आगे बढ़कर सड़क के किनारे रुक गया और पान चबाते हुए सोचने लगा कि अब किधर जाए। सामने से डी० टी० यू० की दो-तीन बसें एकसाथ आ गईं। 16, 25, 23 बी—वह योंही उनके नम्बर पढ़ने लगा। जब बसें करीब से गुज़र गईं तो वह भी लम्बे-लम्बे डग भरता हुआ उनके पीछे चल पड़ा, जैसे उसके विचार को दिशा मिल गई हो।

पुल पार करके वह ठहर गया। लेकिन अधिक रुका नहीं। एक मिनट में निर्णय कर लिया और चन्द कदम चला होगा कि सरस्वतीमोहन नाम का एक साहित्यिक मित्र दिखाई दिया। वह बड़ा ही हंसमुख और मिलनसार था। लेकिन राजेश इस समय किसी भी परिचित व्यक्ति से मिलने के मूड में नहीं था, इसलिए वह कन्नी काटकर आगे निकल गया और चलते-चलाते रोशनआरा बाग में जा पहुंचा।

"रोशनपारा ! जहांआरा !" राजेश बाग में दाखिल होते हुए बड़बड़ाया और फिर मुगल शाहज़ादों का दिल्ली तख्त के लिए संघर्ष, औरंगज़ेब की जीत और शाहजहां की लालकिले में कैद... स्मृति ने इतिहास के कितने ही पन्ने पलट डाले।

राजेश खोया-खोया-सा कितनी ही देर बाग में घूमता रहा। वह बराबर अतीत की बात सोच रहा था और अपने गिर्द सोलहवीं-सत्रहवीं सदी का वातावरण महसूस कर रहा था, जिसमें निरंकुश सम्राटों का दौरदौरा था और एक सामान्य व्यक्ति और उसकी भावनाओं का कोई मूल्य नहीं था।

जब वह घूमते-फिरते थक गया तो उस जगह आ बैठा, जहां

बूढ़े और बेकार किस्म के लोग दस-ग्यारह बजे बाद ही इकट्ठे होना शुरू हो जाते हैं, पेड़ों की ठंडी छाया में दोपहर काटने के लिए ताश, शतरंज और चौसर खेलते हैं या महज़ गप्पें हांकते हैं। अब भी उनकी टोलियां पेड़ों तले घास पर बैठी थीं और खेल में तल्लीन थीं। राजेश एक खाली जगह देखकर बिलकुल उनके बीच जा बैठा। उसने जेब से सिगरेट निकालकर जलाया और लम्बे-लम्बे कश लगाकर धुआं ऊपर आकाश की ओर छोड़ने लगा।

इस अनाम, अज्ञात भीड़ में अनाम, अज्ञात बैठे रहने में उसे सुख अनुभव हो रहा था।

"बाबूजी, आप खेलते हैं ताश ?"

"ताश ?" राजेश ने दोहराया और सिगरेट के टोटे को पांव से मसलकर तर्जनी को देखने लगा। उसपर पांच से निशान पड़ गया था।

उसके बाईं ओर जो चार आदमियों की टुकड़ी बैठी ताश खेल रही थी, उसमें से एक खिलाड़ी सहसा उठकर चला गया था और वहां अब चौथा खिलाड़ी दरकार था। इसीलिए उनमें से एक व्यक्ति ने राजेश को खेलने की दावत दी थी और वे तीनों प्रश्नसूचक दृष्टि से उसकी ओर देख रहे थे।

"नहीं, ताश का खेल मुझे नहीं आता।" राजेश ने उत्तर दिया।

इधर से निराश होकर वे किसी दूसरे व्यक्ति को खोजने लगे।

"हे डल्लू !"

एक नौजवान ज़रा दूर बैठा बीड़ी पी रहा था। डल्लू नाम से उसीको पुकारा गया था। वह बीड़ी फेंककर झट दौड़ा आया और खेल फिर शुरू हो गया।

राजेश के खयाल में ताश खेलना समय नष्ट करना था, इसलिए इस ओर कभी ध्यान नहीं दिया था। लेकिन अब उसने भी खेल में

दिलचस्पी लेना शुरू किया। ये सब मज़दूर किस्म के लोग थे और बड़े प्रसन्न होकर खेल रहे थे। पत्ते फेंकने के साथ-साथ वे एक-दूसरे पर फब्तियां भी कसते थे और हंसने का कोई भी बहाना पाकर खूब दिल खोलकर हंसते थे।

राजेश बैठा इनके चेहरों के उतार-चढ़ाव देखता और हंसी-मज़ाक में रस लेता रहा। लेकिन खेल की जानकारी न होने के कारण वह अपनी दिलचस्पी कायम न रख सका और थोड़ी ही देर में ऊबकर उठ खड़ा हुआ।

घड़ी पर नज़र डाली तो डेढ़ बज चुका था। उसे एकदम ज़ोर की भूख महसूस हुई और वह कुछ खाने-पीने के विचार से बाज़ार की ओर चल पड़ा।

"राजेश !"

जब वह घंटाघर के करीब पहुंचा, तो अपना नाम सुनकर ठिठक गया। आवाज़ त्यागी की थी, पर वह कहीं दिखाई नहीं दे रहा था।

"ठहरो, मैं अभी आता हूं।" त्यागी एक बड़ी दुकान की दहलीज़ पर खड़ा कह रहा था।

राजेश एक ओर खड़ा होकर उसका इन्तज़ार करने लगा। त्यागी ने अधिक समय नहीं लिया। वह शायद दुकान में किसीसे कुछ कहकर दो मिनट में चला आया।

"कहो त्यागी, इस समय कहां घूम रहे हो ?" राजेश ने उसके कंधे पर हाथ रखकर पूछा।

"काशीप्रसाद ने यहां किसी काम से भेजा था।" त्यागी ने दुकान की ओर संकेत करते हुए उत्तर दिया।

"वह काम हो गया न ?"

"नहीं, मुझे एक घंटे बाद फिर आना होगा।"

"तब ठीक है। चलो, एक घंटा तुम्हारे साथ बिताएं। मुझे बहुत

सी बातें करनी हैं।"

"बाग में चलें ?" त्यागी ने इधर-उधर देखते हुए पूछा।

"बाग से तो मैं अभी पा रहा हूं।" राजेश बोला।

"फिर कहां बैठे ?"

"मुझे भूख लगी है। किसी रेस्तरां में चलें, पहले कुछ खा लें तब बात करेंगे।"

और उन्होंने एक रेस्तरां में पहुंचकर आमलेट और स्लाइस मंगवाए। उसके बाद चाय पीते हुए त्यागी ने पूछा :

"अब कहो, क्या हाल है ? इधर कैसे चले पाए ?"

"कुछ न पूछो। सुबह से सख्त परेशान हूं।" राजेश ने उत्तर दिया।

"तुम पैदा ही इसलिए हुए हो कि उम्र-भर परेशान होते रहो!"

त्यागी उसकी ओर देखकर अर्थपूर्ण ढंग से मुस्कराया।

"वह परेशानी अब मुझे नहीं है।" राजेश ने प्रतिवाद किया और चाय का एक घूंट भरकर फिर कहा, "मुसीबत यह है कि पहले तो कुछ लिखा नहीं जाता, जब कुछ लिखूं तो कोई बात नहीं बनती। भाषा और विचार दोनों ही मुंह चिढ़ाने लगते हैं। कहानी का पूरा प्लाट ज़ेहन में था, पर जब सुबह लिखना शुरू किया तो दिमाग ऐसा ठस हो गया जैसे काठ का बना हो। कहानी के बारे में एक शब्द तक सोचने से इनकार कर दिया था और जो सोचा, क्या बताऊं ! तुम सुनकर हंसोगे।"

रेस्तरां में उस समय और कोई नहीं था। राजेश मित्र की ओर देखकर ज़ोर से हंसा और फिर गम्भीर और मौन चाय पीने लगा।

"एक कप और ?" त्यागी ने प्याला खाली देखकर कहा।

"बस, मुझे इतनी ही काफी है। तुम चाहो तो ले लो।"

"मैं भी लेता हूं, तुम भी लो। पियोगे नहीं तो कम से कम बैठने का बहाना रहेगा।"

त्यागी प्यालों में चाय बनाने लगा और राजेश ने लिखे हुए कागज़ फाड़ने और भिखारी का चित्र उभरने की बात उसे कह सुनाई।

"लोग सपने में ऊलजलूल देखते हैं और मैं जागते में देखने लगा हूं।" अन्त में उसने कहा।

"वाकई यह तो बड़ी गम्भीर समस्या है।" त्यागी ने प्याला उसकी ओर बढ़ाते हुए कहा, "तुम्हें किसी डाक्टर से मशविरा लेना चाहिए। शायद दिमाग का एक्स-रे लेने से रोग का पता चले।"

राजेश प्याले पर होंठ रखे आहिस्ता-आहिस्ता चाय पी रहा था और तेज़-तेज़ निगाहों से त्यागी की ओर देख रहा था।

"कुमुद और गुड्डू कैसे हैं ?" त्यागी ने विषय बदला।

"मैं तीन-चार दिन से उधर नहीं गया।"

"नहीं गए !"

"हां, मैंने उन्हें दिमाग से निकाल दिया।"

"बस, बस ! तुम्हें डाक्टर के पास जाने की ज़रूरत नहीं। रोग का पता चल गया।" त्यागी ने मेज़ पर हाथ पटककर कहा और बात जारी रखी, "कुमुद और गुड्डू के निकल जाने से दिमाग में जो जगह खाली हुई, उसमें भिखारी घुस गया !"

"साले, सीधी तरह बात करो, वरना थप्पड़ दूंगा !" राजेश बिफर गया।

"अच्छा, तुम पहले सिगरेट जला लो और फिर मुझे सीधी तरह बतायो।"

सिगरेट राजेश के हाथ में था। उसने जलाकर एक कश लिया और धुआं छोड़ते हुए पूछा :

"क्या ?"

"जब तीन-चार दिन पहले तुम कुमुद से मिले तब उसका क्या हाल था ?"

राजेश एकदम तड़पकर उठ खड़ा हुआ जैसे उसे बिच्छू ने डंक मारा हो।

"घबराओ मत, बैठकर सीधी तरह बात करो। आखिर तुम्हें अपनी परेशानी का पता चला ?"

"तुम बड़े ज़ालिम हो त्यागी !"

राजेश ने कुर्सी पर बैठकर दीवार से टेक लगा ली।

"कोई झगड़ा हुआ है ?" त्यागी ने कुछ क्षण रुककर पूछा।

राजेश ने दो-तीन कश लगाकर सिगरेट ऐश-ट्रे में डाल दी और अंगूठे से दबाकर तोड़ दी। मगर वह बुझी नहीं, धुआं निकल रहा था। त्यागी ने प्याला उठाकर थोड़ी-सी चाय ऐश-टे में डाली, बझने की आवाज़ आई और धुआं उठना बन्द हो गया।

"अपने इस प्रेम-नाटक का यह अन्त मैंने कभी नहीं सोचा था।" राजेश ने हाथ की अंगुलियां मटकाते हुए कहा।

"अन्त क्या हुआ, पहले यह तो बताओ।" त्यागी बोला।

"जो बात हमेशा के लिए खत्म कर दी, उसे दोहराना व्यर्थ है।"

त्यागी चुप बैठा उसके मुख की ओर देखता रहा। कोई दो ग्राहक और भीतर आए और इनसे कुछ दूर जा बैठे।

"सोच लो।" आखिर त्यागी ने कहा, "बात क्या वाकई खत्म हो गई ?"

"शायद न भी हुई हो।"

"शायद का मतलब यह है कि तुम अपने-आपको धोखा दे रहे हो।"

राजेश के लिए त्यागी की तेज़-तेज़ निगाहों को सहन करना कठिन हो गया। उसने उदासीनता के जिस खोल में अपना दर्द छिपा रखा था, वह टूट गया और नासूर बह निकला।

अब उसने कुमुद द्वारा नोट फेंके जाने की घटना और अपनी

प्रतिक्रिया विस्तार से कह सुनाई।

"मित्र!" त्यागी ने धीमे स्वर में आहिस्ता-आहिस्ता बात शुरू की, "मैं एक प्रूफरीडर हूं! प्रेस में इतिहास, विज्ञान, साहित्य और दर्शन—हर तरह की पुस्तकें छपने आती हैं। मैं सिर्फ प्रूफ ही नहीं पढ़ता, उनमें जो कुछ लिखा होता है, उसपर भी ध्यान देता हूं और सोचता हूं। इससे मेरा ज्ञान बढ़ता है और काम का बोझ भी हलका हो जाता है। कल एक कथा पढ़ी जो एक रूपवती रमणी के बारे में थी। उसने प्रेम ही को जीवन का उद्देश्य बना रखा था और वह हर वक्त 'प्रेम-प्रेम' पुकारती रहती थी। किसी मसखरे जादूगर ने उसे मेंढकी बना दिया।"

रेस्तरां का पंजाबी मालिक नये ग्राहकों को चाय देने आया। जब वह लौट रहा था तो राजेश ने उसे मुखातिब करके कहा :

"हमारे यहां बैठे रहने पर आपको एतराज़ तो नहीं?"

"कोई एतराज़ नहीं बादशाहो। शौक से बैठो।" उसने मुस्कराते हुए कहा।

"क्या समझे?" त्यागी ने फिर राजेश का ध्यान अपनी ओर आकर्षित किया, "हम-तुम दोनों विकास के सिद्धान्त को मानते हैं। इस सिद्धान्त के अनुसार कई हज़ारों साल में मेंढक और बन्दर से मनुष्य बना है। फिर उसके श्रम और चिन्तन से समाज और संस्कृति का विकास हुआ है और बराबर हो रहा है। इससे मनुष्य खुद भी बदलता है। उसका अपना संस्कार और परिष्कार होता रहता है। लेकिन जब कोई व्यक्ति और सब कुछ भुलाकर सिर्फ प्रेम को जीवन का आधार बना ले तो वह मनुष्य से मेंढक बन जाता है।" त्यागी रुककर मुस्कराया और फिर दार्शनिक ढंग से सिर हिलाते हुए आगे कहा, "कथा बहुत मामूली है और जाने कितनी पुरानी है, पर रूपवती रमणी के मेंढकी बन जाने का अर्थ यही है।"

राजेश भी मुस्कराया। उसे अपने मन में शान्ति अनुभव हुई जैसे

घाव से सारा मवाद निकल गया हो।

"प्रेम, यौवन और संगीत का सुन्दर चित्र !" त्यागी ने दीवार पर लगे सिनेमा के इश्तहार की ओर संकेत करके पढ़ा।

"सब बेकार की बातें हैं !" राजेश ने सस्वर कहा, "हमारे जीवन में न संगीत है, न सौन्दर्य। प्रेम किया तो वह भी कोढ़ की खाज बन गया।"

दूसरे दो व्यक्ति विस्मय से उसकी ओर देखने लगे।

कोई छः बजे का समय था। बठिंडा से आनेवाली गाड़ी निकालकर राजेश ड्यूटी-रूम में बैठा टिकट 'सार्ट' कर रहा था। वह कुछ सोचकर आप ही आप मुस्कराया और फिर अपने सहकारी रतनलाल को मुखातिब करके कहा, "बड़ी हैरत होती है जब लोग छोटी-छोटी बातों पर झूठ बोलते हैं !"

रतनलाल ने उत्सुकता से उसकी ओर देखा तो उसने कहना शुरू किया, "अभी जब मैं टिकट ले रहा था, एक औरत गाड़ी से उतरी। उसका पति स्टेशन पर लेने आया था। उन्होंने मुझे एक टिकट दिया। औरत के साथ दो बच्चे थे। एक ढाई-तीन साल का और दूसरा छः-सात साल का। मैंने बड़े बच्चे का टिकट मांगा तो औरत झट बोली कि वह तो अपने पिता के साथ घर से आया है। लेकिन बच्चे ने उसी वक्त कहा, 'बेजी, मेरे बूट गाड़ी में रह गए !' बाप बच्चे को साथ लेकर जूते लेने चला गया। लेकिन औरत का झूठ खुल गया और वह शर्म के मारे धरती पर गड़ी जा रही थी।"

"उनसे किराया वसूल नहीं किया ?" रतनलाल ने चिढ़कर पूछा।

"आप मेरी आदत जानते हैं। मैंने छोड़ दिया। सोचा कि मिट्टी डालो।"

"तुम शरीफ आदमी हो।" रतनलाल ने व्यंग्य किया।

"वह सच कह देती, तब भी मैं छोड़ देता..."

राजेश ने सहज स्वर में बात जारी रखी। लेकिन इसी समय एक औरत दरवाज़े पर आ खड़ी हुई। राजेश ने उसकी ओर नज़र उठाकर देखा तो वह धनदेई थी और उसकी गोद में गुड्डू था।

वह सकपकाकर उठा और कमरे से बाहर निकलकर धनदेई

को प्लेटफार्म पर ले आया। मुसाफिरों के लिए बिछे एक खाली बैंच के करीब खड़े होकर पूछा, "क्या बात है ? इसे यहां क्यों लाई हो ?"

धनदेई ने मुंह से कोई उत्तर नहीं दिया, बल्कि अपनी चोली से एक पत्र निकाला और वह राजेश की ओर बढ़ा दिया।

खत काफी लम्बा था। राजेश ने धनदेई को बेंच पर बिठा दिया और खुद योंही खड़े-खड़े पढ़ना शुरू किया। कुमुद ने लिखा था :

"प्यारे राजेश,

मैं सब आगा-पीछा सोचकर तुम्हें यह पत्र लिख रही हूं। जो कुछ हो चुका उसे अब मिटाया नहीं जा सकता। मैंने तुमसे यह कहकर प्रेम किया था कि मैं तुमसे बदले में कुछ नहीं चाहती। पर तुमने भी मुझसे प्रेम किया। मैं यह मानती हूं कि इसके बिना मेरा प्रेम बेमानी था और सम्भव भी नहीं था, क्योंकि प्रेम एकांगी प्रक्रिया नहीं है। वह दो तन और दो प्राणों का संयोग है। मैंने अपना-आप समर्पण करके तुम्हें पाया। अगर मेरे मन में तुम्हें पाने की लालसा न होती, तो मैं बिना देह के किसी कल्पित व्यक्ति से प्रेम कर सकती थी, जैसे मीरा ने कृष्ण से किया था। पर मीरा का प्रेम, प्रेम नहीं भक्ति है। प्रेम का अर्थ ही किसीको प्राणों में बांध लेना और किसीके प्राणों में बंध जाना है। स्त्री और पुरुष के लिए प्रणय शब्द के दो भिन्न अर्थ सम्भव नहीं। दोनों प्रेम का प्रतिदान चाहते हैं। मैं तो अब तक के अनुभव से यही समझ पाई हूं कि प्रतिदान ही प्रेम का आधार है !

तब मैंने तुमसे-एक विवाहित पुरुष से क्यों प्रेम किया ?

जाने कैसे होश संभालते ही मेरे सिर पर एक सनक सवार हो गई थी। मैं जब गुड्डियों से खेलती थी, तब भी गुड्डे-गुड्डी का ब्याह रचाने के बजाय उन्हें आपस में प्रेम करना सिखाती थी। मुझे ब्याह शब्द से घृणा थी। कारण शायद विवाहित जीवन के वे कांड

और दृश्य थे, जो मैंने अपनी आंखों देखे थे। बाद में मैंने पुस्तकों में पढ़ा और दूसरों से सुना भी कि ब्याह के बाद स्त्री, स्त्री या प्रेमिका नहीं रहती, पत्नी बन जाती है ; और ब्याह के बाद पुरुष भी पुरुष या प्रेमी नहीं रहता, पति बन जाता है। पति-पत्नी का सम्बन्ध मुझे नहीं जंचता। मैं समझती हूं कि यह सम्बन्ध एक-दूसरे की मानसिक और शारीरिक दासता का प्रतीक है।

मैंने प्रेम का मार्ग चुना और मन में निश्चय किया कि अपने स्त्रीत्व को दासता की ज़ंजीरों से मुक्त रखूंगी। मैंने तुमसे प्रेम किया। यह जानते हुए भी कि तुम एक विवाहित पुरुष हो, अपना सम्पूर्ण अस्तित्व समर्पण कर दिया। और मैं खुश थी, क्योंकि मुझे तुमसे यह खतरा नहीं था कि तुम कभी ब्याह की बात उठाओगे। इसके विपरीत अगर मैंने किसी अविवाहित पुरुष से प्रेम किया होता तो वह किसी न किसी समय ब्याह का सवाल उठा सकता था। और सम्पूर्ण समर्पण के बाद मैं भी इनकार कैसे करती ? सम्भव था कि हम दोनों ही न चाहते, लेकिन सगे-सम्बन्धी और परिस्थितियां हमें विशुद्ध प्रेम त्यागकर विवाह-सम्बन्ध अपनाने पर विवश कर देतीं। तुम्हें याद होगा, मैंने कभी ब्याह की इच्छा नहीं की ; और मां जब तुमसे ब्याह की बात करती थी, तब भी मुझे अच्छा नहीं लगता था।

मैं आजीवन आत्मनिर्भर रहना चाहती थी। प्रेम का प्रतिदान पैसा नहीं है। आत्मनिर्भरता ही से आत्मसम्मान और स्त्रीत्व की रक्षा सम्भव है। लेकिन प्रसूतिकाल में और उसके बाद पैसे के लिए मुझे तुम्हारा मुंह देखना पड़ा। मैं जानती थी कि तुम्हारी प्राय एक ही परिवार के लिए काफी नहीं है। मुझपर जो खर्च करोगे, उसके लिए तुम्हें परेशानी उठानी पड़ेगी। पर क्या करती, मजबूर थी। मन में कुढ़कर रह जाती थी। सच तो यह है कि यहीं से मेरी प्रतिज्ञा भंग हुई और मैं अपने प्रण से डिग गई। यहीं से हमारे सम्बन्ध गलने-सड़ने

शुरू हो गए। जब हममें झगड़ा हुआ तो उनकी सड़ांध को न सिर्फ तुमने, मैंने भी महसूस कर लिया था। अब उनके अन्त ही में हम दोनों की भलाई थी।

मैं अगर किसीके आगे अपराधी हूं तो सिर्फ सन्तोष के। हालांकि मैंने कहा था कि मैं तुम्हारी पत्नी के अधिकार पर छापा नहीं मारूंगी। पर एक विवाहित पुरुष की प्रेमिका बनना ही पत्नी का अधिकार हथियाना था। मैंने वह अधिकार हथियाया और स्त्री होकर स्त्री के साथ अन्याय किया। इसके बावजूद सन्तोष मेरे साथ हमेशा उपकार करती रही। मैं उसके सामने श्रद्धा से नतमस्तक हूं और क्षमा चाहती हूं।

तुम्हें जब यह खत मिलेगा, मैं मृत्यु का आलिंगन कर चुकी हूंगी या कुछ देर में करनेवाली हूंगी। इसलिए मेरी तलाश व्यर्थ है। खेद और शोक अगर करो तो वह भी व्यर्थ है। जीवन एक असीम सागर है, उसमें एक व्यक्ति-विशेष की क्या गिनती है! मेरे जैसे हजारों-लाखों प्राणी हर रोज़ जन्मते-मरते हैं, उससे जीवन की अबाध गति में कोई अन्तर नहीं आता। मैंने एक अनुभव किया और जब तक जी सकी, जिया। अब जब जीने में कोई रस नहीं, तो मरने का खेद क्यों?

गुड्डू, हमारी-तुम्हारी दोनों की सन्तान है। उसे पाकर हम कितने खुश थे और उसके लिए धरती को स्वर्ग बना देने के सपने देखा करते थे। पर धरती को स्वर्ग बना देना तुम्हारे-मेरे बस में नहीं था। हमारे सपने धरे रह गए। हम गुड्डू के लिए मामूली सुविधाएं भी न जुटा सके। यह हमारे प्रेम का अपमान था। तुम इस अपमान को सहन न कर सके। और मैं भी कब तक सहन कर पाती! मैं इसे पालना-पोसना और जिलाना चाहती थी। लेकिन अब जब मैं मरने जा रही हूं, इसे अपने साथ ले जाने का मुझे कोई अधिकार नहीं है।

इसे मैं तुम्हें सौंपती हूं, और तुम्हें सौंपकर मैं निश्चिन्त हूं।

अच्छा, बाई बाई। यह अन्तिम पत्र ही अन्तिम मिलन है। दूसरे जीवन में न मेरा विश्वास है और न उसके प्रति कोई मोह है। बस, यही एक जीवन जितना जी लिया और उसमें जितना पा लिया, मैं उसीमें सन्तुष्ट हूं।

तुम्हारी

कुमुद"

पत्र पढ़कर राजेश ठगा-सा रह गया। कुछ देर बस योंही खड़ा रहा। उसमें सोचने-समझने का एहसास ही नहीं था। फिर वह बैंच पर बैठ गया और उसकी पुश्त पर सिर टेक दिया।

"क्या है ? क्या लिखा है ?" धनदेई ने घबराकर पूछा।

"कुछ नहीं।" राजेश ने अपने-आपको संभाला और फिर तुरन्त उठ खड़ा हुआ, "तुम गुड्डू को लेकर यहीं बैठो, मैं अभी आया।" .

वह ड्यूटी-रूम में गया। जल्दी-जल्दी कागज़-पत्र और टिकट आदि संभालकर पांच-छ: मिनट में लौट आया। उसने बिना कुछ कहे गुड्डू को धनदेई से ले लिया और लम्बे-लम्बे डग भरता बाहर की ओर चल पड़ा। धनदेई वहीं खड़ी उसकी ओर देखती रही। उसकी समझ में कुछ नहीं पा रहा था..

राजेश ने स्टेशन से बाहर निकलकर एक तांगा लिया और उसमें बैठकर कोचवान से कहा, "चलो।"

"किधर ?"

इस 'किधर' का राजेश के पास कोई उत्तर नहीं था। वह तांगेवाले की ओर यों देखता रहा, जैसे कह रहा हो, 'तुम्हें नहीं मालूम, मुझे कहां जाना है ?'

"हां, बाबूजी किधर जाना होगा ?" उसने दोबारा पूछा।

"दरियागंज !" राजेश ने ज़ोर से कहा। पर यह मनुष्य का स्वर नहीं, ग्रामोफोन की ध्वनि थी।

घोड़ा जानदार था। कोचवान ने बाग हिलाई और वह थोड़ी ही देर में रफ्तार पकड़ गया। राजेश पीछे की सीट पर खामोश बैठा था और गुड्डू उसकी गोद में था। उसने बच्चे पर नज़र तक नहीं डाली। तांगा किस समय कहां और कौन-से बाज़ार में है, यह भी नहीं देखा। उसे सिर्फ एक सांप—काला सांप नज़र आ रहा था, जो तांगे के साथ-साथ दौड़ रहा था। तांगे ने कई मोड़ घूमे और राजेश के मस्तिष्क में कई दृश्य बदले, पर उसने न कुछ देखा और न सोचा। उसका ध्यान सांप पर केन्द्रित था जो फन फैलाए फुंकार कार रहा था और हर क्षण तांगे का पीछा कर रहा था। रास्ते में मोटरों, गाड़ियों और पैदल चलनेवालों की खूब भीड़-भाड़ थी। कोचवान होशियार आदमी था। बच-बचाकर चल रहा था। सांप इस भीड़ में भी पीछा किए जा रहा था, मगर राजेश के सिवा और कोई उसे देख नहीं रहा था। सांप फुंकार रहा था और राजेश के मस्तिष्क में तीन शब्द 'कुमुद, गुड्डू पालना' बार-बार उभर रहे थे। वह इनके बारे में भी कुछ नहीं सोच रहा था, सोच ही नहीं सकता था।

योंही वे जामामस्जिद पार करके जगत सिनेमा के निकट पहुंचे तो एडवर्ड पार्कवाले चौराहे में एक नंग-धडंग फकीर, जिसके मुंह से लार टपक रही थी, हवा में घूंसा तानकर ऊल-जलूल बक रहा था और गालियां दे रहा था। काफी लोग चकित-से खड़े उसे देख रहे थे।

यह दृश्य देखकर राजेश की विचार-मुद्रा टूटी।

"हटो, हटो !" तांगेवाला चिल्लाया।

लेकिन उसकी बात किसीने नहीं सुनी। जब फकीर बदस्तूर हवा में घूंसे मारता और गालियां देता परेड ग्राउंड की ओर बढ़ गया,

तब लोगों ने रास्ता छोड़ा।

"यह सौदाई किससे लड़ रहा है ?" कोचवान ने घोड़े की बाग हिलाते हुए कहा।

"मैं जानता हूं, यह किससे लड़ रहा है।" राजेश ने उत्तर दिया और फिर फकीर की ओर देखते हुए ज़ोर से कहा, "हां, लड़ो ! बेटा, लड़ो !"

✧✧✧